ノーブルウィッチーズ

第506統合戦闘航空団 飛翔！

原作：島田フミカネ&Projekt World Witches
著：南房秀久

角川スニーカー文庫

18946

illustration: 島田フミカネ　飯沼俊規

design work: 沼 利光（D式Graphics）

NOBLE WITCHES
Shimada Humikane & Projekt World Witches

CONTENTS

イラスト：島田フミカネ、飯沼俊規
Illustration : Humikane Shimada / Toshinori Iinuma
design work : Toshimitsu Numa（D式 Graphics）

NOBLE WITCHES
Shimada Humikane & Projekt World Witches
STORY
ノーブルウィッチーズ　それはガリア解放の後、
パリ防衛のために設立された統合戦闘航空団である。
だが、集結したウィッチたちの思いはひとつではない。
ある者は高貴なる義務のため、ある者はお金のため、
ある者は飛ばされ、そしてある者は成り行きで。
首都の守りは彼女らに任せろ! ……って、大丈夫か?

NOBLE WITCHES

Shimada Humikane & Projekt World Witches

WORLD

1. 扶桑皇国
2. リベリオン合衆国
3. ブリタニア連邦
4. ガリア共和国
5. 帝政カールスラント
6. ロマーニャ公国
7. ベルギカ
8. ヒスパニア

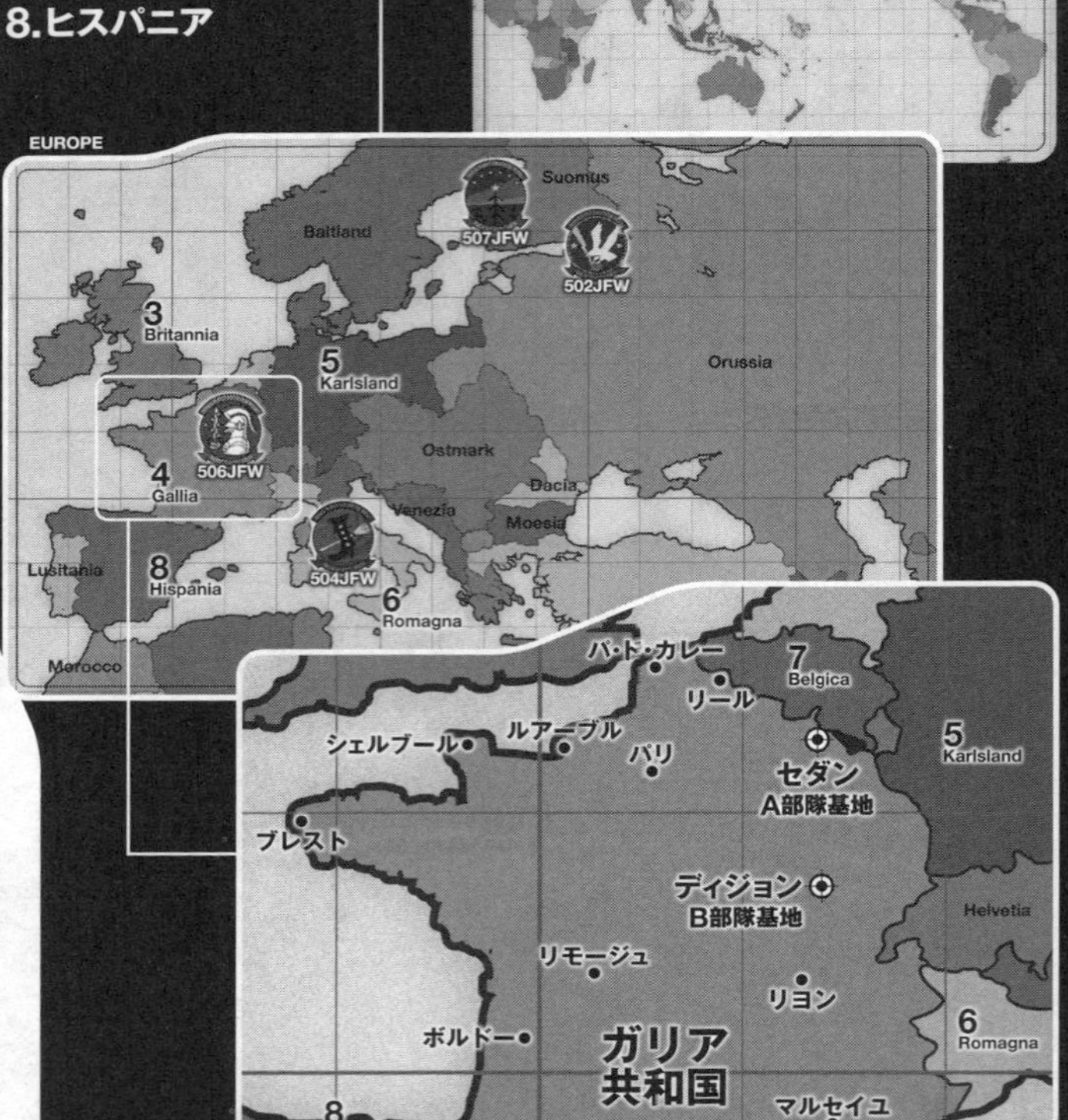

チームワークについての不安？　全くと言っていいほどありませんね。

ロザリー・ド・エムリコート・ド・グリュンネ少佐

（第５０６統合戦闘航空団名誉隊長就任時の「ル・モンド」紙のインタビューより）

プロローグ
PROLOGUE

どこまでも続く、海原を思わせる碧の森。

その上空を、およそ生物らしさのない無機質な飛行体がV字の編隊を組んで移動していた。その数、三十から四十といったところ。

今、その飛行体、ネウロイの群れに四つの小さな機影が南西方向から近づきつつあった。魔法力を駆使し、現代の箒、ストライカーユニットをまとって天空を飛翔く少女たちである。

「うわ〜っ！　小型がたくさん！　面倒臭いなあ！」

額に手をかざし、目を細めて敵機を確認した黒髪の少女は、扶桑皇国から来た黒田那佳中尉。見た目はかなり庶民的だが、これでも名門華族黒田侯爵家の養女である。

「いや、本体は一機だ。残るは遠隔操作の小型飛行銃座か砲台のようなものだな」

目を細めて不敵に微笑んだのは、ハインリーケ・プリンツェシン・ツー・ザイン・ウィトゲンシュタイン大尉。プリンツェシンは王女の意。いかにも貴族という高貴な顔立ちの彼女は、整備班員から姫様として慕われ、崇拝される戦闘隊長だ。

「じゃあ、全部撃墜しても一機扱い？　な〜んだ」

那佳は胸の前に抱えたMG42を握り直し、落胆のため息をつく。

「……てことは、特別手当もなし？」

『中尉、今までに私は特別手当なんて出したこともないし、これからも出す予定はないわよ』

耳のインカムから流れる、澄み切って美しい声。その主は、セダンの基地から指示を出す、名誉隊長のロザリー・ド・エムリコート・ド・グリュンネである。

「言ってみただけですよ、隊長」

那佳の顔から邪気のない笑みがこぼれる。

「百回ぐらい続けて言ってたら、間違って一回ぐらい出してくれないかなあ〜って」

「手当よりも、基本給が上がればいいのでは？」

と、話に入ってきたのは、ベルギカ貴族の血を引くイザベル・デュ・モンソオ・ド・バーガンデール。中性的な雰囲気を湛えたイザベルは、ウィッチとして国家の道具にされることを恐れた両親に、男の子として育てられたいっぷう変わった経歴の持ち主で——。

「ここで撃墜されれば、確実に二階級特進。手取りもグンとアップですよ、故黒田少佐？」

ジョークのセンスも、これまた変わっていた。

「アイザック、そのへんにしておけ。接触するぞ」

無駄話に釘を刺したのは、ロマーニャ貴族のアドリアーナ・ヴィスコンティ大尉。歯に衣着せぬ発言と軍紀違反で左遷されては、戦果を挙げて原隊復帰を繰り返す問題児なのだが――。

「……いろんな戦線を転々としてきたが、自分が優等生に思えるのはこの部隊が初めてだな」

アドリアーナがそう呟いて苦笑するほど、ガリアの空を守る第506統合戦闘航空団A部隊は個性派揃いだった。

そして、その個性派ウィッチの全員が貴族の出身。

そのため、彼女たちはこう呼ばれた。

ノーブル・ウィッチーズと。

「Bの連中が来る前に片づけるぞ！　奴は我らの獲物じゃ！」

ハインリーケが高度を上げるように手で那佳に合図をする。

「確かに。あのマスタードたちに手柄をさらわれるのは癪だな」

似た性格のせいか、いつもは何かとハインリーケとぶつかるアドリアーナが珍しく同意する。

二人が口にしたB部隊とは、マスタードで有名なディジョンに基地を持つ506のB部隊。大西洋の向こう、リベリオンから派遣されたウィッチたちで構成される別動隊だ。

本来なら各国を代表するウィッチで構成されるべき統合戦闘航空団。B部隊もハインリーケや黒田たちのA部隊とひとつになるはずだったが、そのメンバーのほとんどが貴族ではなかったため、上層部の一部——はっきり言うと、戦後のガリアにおける既得の影響力をリベリオンにさらわれるのを恐れたブリタニア——に合流を拒まれたのである。そして、上層部の対立は隊員同士にも及び、貴族のAと非貴族のBは、何かと張り合うことが多かった。

『B部隊が来ても挑発するようなことはしないで——』

ロザリーはもう一度呼びかける。

だが。

「ヴィスコンティ大尉とバーガンデール少尉は今の高度を維持！　黒田中尉はわらわに続け！」

『あの……』

「はいは～い、了解！」

「了解したぞ、大尉」

「こっちも了解」

『こちらはセダン。誰か、私の話を――』

みんなロザリーの声が聞こえない訳でもないし、意地悪で応えないのでもない。ハインリーケが矢継ぎ早に命令を下すので、そちらに応じるので手いっぱいなのだ。

「黒田中尉はわらわの援護！　奴らの真上に出て強襲する！　ヴィスコンティ大尉、バーガンデール少尉は後方に回り込め！」

『あのね、みんな聞いて欲しいんだけど――』

ロザリーの声は諦観の響きを帯びる。

「あのネウロイたち、もうすぐB部隊の受け持ち空域に入っちゃいますよ。B部隊のみんなに任せちゃえば楽じゃないですか？」

那佳は十時の方角にネウロイの編隊を見下ろしながら、ハインリーケに質問する。

『……お～い、やっほ～』

ロザリーは半ば捨て鉢になって注意を引こうとするが、結果は変わらない一方。

「黒田中尉、つまらぬ愚痴は止めぬか！　奴らには手柄はやらぬ！　たとえ、欠片ほどでもな！」

ハインリーケから那佳に返ってきたのは、叱責の言葉だった。

「だって、もう今月はお給料分働きましたよ」

と、頬を膨らませる那佳。

「よいか、黒田中尉！　我らノーブル・ウィッチーズは給料のために戦っておるのではない！　そもそも貴族には古来高貴なる義務が――」

ハインリーケはさらに小言を続けようとしたが――。

「くどいぞ、ウィトゲンシュタイン大尉」

アドリアーナが割って入った。

「く、くどい⁉　このわらわがくどいと？」

アドリアーナをキッと振り返るハインリーケ。

「ああ。オリーブオイルを入れ過ぎた若鶏のカッチャトーレ風よりもくどい」

「お二人さん、接触しちゃいますよ、ネウロイ」

イザベルがハインリーケとアドリアーナの注意を引いた。確かに、ネウロイは眼前に迫っている。

『……あの〜？』

インカムから細く流れるロザリーの声。

「隊長、話は帰ってから聞く！　よいな!?」

ようやくハインリーケがロザリーに応えた。——これが応えと呼べるのならの話だが。

『はい』

遠く離れた基地では、ロザリーがマイクを握ったままシュンとなっていた。

「戦闘開始！」

ハインリーケの号令で、ウィッチたちはネウロイに襲いかかった。

「お仕事お仕事〜」

那佳がトリガーを絞り、まず銃座を二機落としてハインリーケが接近するための道を作る。

アドリアーナとイザベルは、左右後方から一機ずつ殲滅してゆく。

ここまでは、実に順調な展開である。

だが。

小型飛行銃座は鉤爪のようなものを出し、近くにいる銃座と次々に重なり始めた。

やがて、ネウロイはひとつの輪のような形になる。

「展開！　奴から距離を取れ！」

と、叫んだ次の瞬間。

ネウロイは高速回転し、ビームを乱射した。

ビームは那佳たちだけでなく、下方の森にも降り注ぎ、炎を上げる。

「やるな。高速回転でコアの位置が分からない」

アドリアーナが下がりながらも不敵な笑みを浮かべた。

「橋が」

イザベルが旋回しつつ、眼下を指さす。ビームが谷にかかる石橋を直撃し、橋がおもちゃの積み木のように崩れて川に水柱が上がった。

「この被害って、うちの隊で弁償、なんてことはないよね？」

ビームを躱しながら呟く那佳。

「先月から、民間の被害は出撃した隊員が折半で払うことが決まりました。分割払い不可です」

と、イザベル。

「嘘！」

「黒田中尉！　そやつの質の悪いジョークを真に受けるでないわ！」

ハインリーケは、援護の那佳を突き飛ばすようにしてネウロイの前に出る。その拍子に、手の甲が那佳の鼻の頭をヒットした。

「鼻打った！　鼻！」

那佳は顔の真ん中を押さえて涙目になった。

「大尉、治療費ください！」

あまり高いとは言えない鼻を押さえた邦佳は、涙目でハインリーケに訴える。

「ええい！　当たり屋か、そなたは！」

ハインリーケはネウロイの輪の中心に躍り込んだ。

そして、自らの体を回転させながら、本来なら爆撃機の銃座に使われるＭＧ１５１／20を腰だめに構えて連射する。

「どこがコアか分からぬなら、すべて撃ち落とす！」

「退避！」

「あわわわわわっ！」

「うん。いつも通り」

アドリアーナの声で、急いでネウロイから離れる那佳たち。

蒼い空に、巨大な光の冠が描かれた。

扶桑の華族の名誉を背負う？　って、そんな大げさな話になってるの!?
黒田那佳中尉
（506JFWに合流するため、欧州に向かう船上でのインタビューより）

第一章 CHAPTER 1

私が華族のお嬢様？

数か月来の佐世保では、どこか懐かしい、欧州の港とはまた違う香りの潮風が吹いていた。

「帰ってきたんだ」

扶桑皇国陸軍飛行第33戦隊所属の黒田那佳中尉は、以前にも言葉を交わしたことのある歩哨に笑顔で挨拶をすると、軍港の敷地から足を踏み出した。

身長158センチと華奢な那佳の横を、軍用の大型トラックがエクゾースト・パイプをガタガタいわせながら通り過ぎ、那佳と入れ替わりに軍港内に入ってゆく。

佐世保は賑やかな町で、駅も近くにあって人通りも多いように那佳には感じられる。

軍港の歴史も、鎮守府の設置が1889年と古い。ウィッチを見慣れているのか、町ゆく人たちも那佳に笑顔を向けてくれる。

「ウィッチさん、きばってくだしゃい」

　母親に手を引かれた坊主頭の幼い男の子が、那佳を見るなり駆け寄ってきて、手にしていた佐世保独楽をくれた。

（いいなあ、こういうの）

「お〜きんね」

　那佳はしゃがみ、男の子の頭を撫でてお礼を言う。

「うん！」

　子供と母親が手を振って去っていくと、那佳は通りを渡った先にあるバス停へと向かった。

「ええっと、時間はっと」

　時計を確認すると、午前9時43分。

　約束の時間まで、まだ17分ほどある。

　だが。

「あ、いた」

　那佳の瞳はバス停のベンチに座る、見覚えのある人影を捉えていた。

「ただいま、父さん、母さん」

　道路を斜めに突っ切った那佳は、開襟シャツに中折れ帽の男性と、水色の麻のワンピースの女性に声をかける。

「無事で何よりです」

父がうなずき返した。

母は那佳に飛びつくと、ギュッとその小さな体を抱きしめる。

「お帰り」

「わわわっ！　母さん、泣かないでよ！」

真っ赤になる那佳。

通りすがりの人たちが、そんな三人の様子を見て必死に笑いを堪えている。

「おじいさんもおばあさんも、お前を迎えに来るっていって大変だったんだよ」

父が目を細め、さっき那佳が男の子にしてやったのと同じように那佳の頭を撫でた。欧州での那佳の活躍は、当然父も耳にしているはず。だが、それでもやはり娘は娘なのだろう。

那佳としては、ちょっとくすぐったい感じだ。

「ほ、ほら！　じっちゃんとばっちゃんを待たせたらいけないでしょ！」

那佳はようやく、母を引き離すことに成功した。

欧州でストライカーユニットをまとって空から見下ろす山々と、のんびり走るバスの中から見る九州の山並みは、やはり違う。

（扶桑の山ってこんもりしてて、優しい感じ？　あ、でも本州の中部の方だと違うのかな？　ここいらだけだったり）

「なんです、お行儀の悪い」

そう母に窘められながら、那佳と父はバスの座席であんころ餅を食べる。

ばっちゃんの手作りで、父が竹の皮に包んで持ってきてくれたのだ。

「家に帰ってからでも食べられるでしょうに」

それはそうだが、バスで頰ばるあんころ餅はちょっとした駅弁気分でまた格別である。

それに父は、ちゃんと水筒に入ったお茶まで用意してくれているのだ。

バスと鉄道を乗り継いで宮崎に入ると、もう夕方になっていた。

「それで？　どこか寄りたいところがあるんじゃないかな？」

駅の改札を出たところで、父が思わせぶりな視線を那佳に送った。

「アンミツ屋さん！　学校のちかくにあった『美よし』って、まだ潰れないで残ってるかな？」

那佳は笑顔を返す。

「まだ甘いものを？」

母は呆れて頭を振った。

『美よし』は那佳の通っていた小学校から歩いて5分ほどの商店街にある、ちょっと寂れた甘味処だった。

かなり怪しい話だが創業は天保年間で、その頃から店にいるように見えるおばさんがひとりで切り盛りしている。

ガラガラと引き戸を開けると、中は薄暗く、客の姿もない。だが、暖簾は出ているし、定休日でも営業時間外でもない。

「おっばさん！」

暖簾を潜った那佳は、店の奥で居眠りしている萎びた女性のところに真っ直ぐに行くと、その顔を覗き込んでニッと笑いかけた。

「……おんや。黒田のじゃじゃ馬かい？　生きてたとはねえ」

割烹着のおばさんはずり落ちかけていた眼鏡を直すと、眠り込んでなんかいないと言いたげな素振りを見せる。

「生きてた生きてた〜。おばさんも元気そうだね？」

昔から変わらない毒舌に、那佳はホッとした気分になる。

「元気なもんかね。中風が来とるし、景気ゃ悪いし、配給も吝い。何度店ぇ畳もうと思ったことか。それに、何度言ゃぁ分かるんだい。お姉さんとお呼び」

おばさんは那佳を睨む。

だが、たとえ時間を半世紀遡ったとしても、その呼称を使うことには無理がありそうだ。

「で、アンミツかえ？」

立ち上がったおばさんは調理場へ向かう。

「うん！　今日は父さんと母さんが一緒だから三人……じゃなくて六人前ね！」

那佳は昔よく友達と陣取っていた席に着く。

「那佳、父さんと母さんは二人前はちょっと」

那佳の前に座りながら、父は母と顔を見合わせる。

「嫌だなあ。私が四人前食べるんだよ」

那佳は吹き出した。

「親子で来るとはねえ」

おばさんは、ビール会社の名前が入ったお冷やのコップを三人の前に置く。

「ど、どうも恐縮です」

父が身を縮ませて目をそらすと、おばさんはその横顔を見て指折り数え始めた。

「十八、いや十九年振りぐらいかい？　学制服でいちゃついてたお前さんたちが、いつの間にかこんな娘っこをこさえてたとは」

　母が真っ赤になって顔を伏せた。

「え、何？　父さんと母さん、『美よし』に来たことあったの？」

　大きく見開いた那佳の目が、両親を交互に見る。

「二人とも校則違反の『らんでぶ～』って奴さ。男子校生と女子校生、風紀委員の目を盗んでうちで忍ぶ逢瀬を重ねてたんだよ」

　おばさんが入れ歯を見せて笑った。

「ら、らんでぶ～だなんて」

　母が教育に悪いとばかりに、顔を伏せたまま咳払いする。

「そ、その話はもういいですから」

　父もだいぶ居心地が悪そうだ。

「今度ぁひとりで来な。面白い話を聞かせてやるよ」

　おばさんは那佳に目配せすると、奥の調理場に引っ込んでいった。

「ああっと、鎮守府で話は聞いているかい？」

　父は一気にお冷やを飲み干すと、話題を変えた。

「ええと、辞令はまだだけど、新しい隊に配属になるみたいなんだよね。それで、いったんこっちに帰れるってことになって」

何でも貴族——扶桑では華族と呼ぶが——の部隊が創設されることが決まり、他に適当な候補がいなかったため、那佳に白羽の矢が立ったらしい。

とはいえ、那佳の家は傍系も傍系。

今の黒田家の当主と那佳の祖父は、又従兄弟か何か、その辺に当たり、本家の人間とは年始年末、盆と彼岸の挨拶ぐらいの交流しかない。

そんな自分が急に華族扱いされることになって、那佳にも戸惑いがないこともなかったが、別に拒否する理由もなかった。

それに、貴族の部隊というからには特別手当が出るんじゃないかと、那佳は勝手に思ってもいたのだ。

「ほらよ」

おばさんがアンミツを六つ、テーブルに並べた。

「たまぁに戦地から帰ってきたんだ。今日は奢りさ」

「わ〜い！」

那佳は手をパチパチと叩いて喜んだ。

「そ、そんな訳には」

財布を出そうとする父。

「あたしに恥じぃ、かかす気かい？」

おばさんは結構凄みのある顔を父に近づける。

「いえ、お言葉に甘えさせていただきます」

父は立ち上がり、直立不動の姿勢を取った。

那佳はすでに、一杯目のアンミツを平らげようとしていた。


翌日。

那佳は両親とともに黒田侯爵家の本家に向かっていた。

「昨日はばっちゃん手作りの『がね』も食べたし！　長旅の疲れも一気に抜けたよ！」

珍しく着物姿の那佳は袖を振り回し、緩やかな登り坂となった小径を軽やかに歩く。

「那佳は『がね』が本当に好きなんだね」

と、背広姿の父。

『がね』というのは、サツマイモとカボチャを使ったかき揚げで、宮崎の郷土料理である。

がねとは宮崎では本来、蟹を指す言葉なのだが、見た目が蟹に似ているところからこう呼ばれるらしい。

もちろん、鯵の開きをほぐしたものとキュウリと紫蘇を香ばしい麦御飯に乗せ、味噌味の冷たい出汁をかけた冷や汁も欠かせない。

もう冬の初めだが、それでもこのあたりは欧州と比べるとずいぶん暖かい。

向こうの気温に慣れた体は、襦袢の下がかすかに汗ばんでいる。

「本家まででってずいぶんあるよね」

駅から歩き始めて、もう30分ほどになる。

弁当の入ったバスケットでもあれば、ちょっとしたピクニックなのだが。

「本邸は帝都の赤坂にあるんだよ。小田原や沼津にも別邸がある。もっとも、私も実際に行ったことはないんだけれど」

父は笑って頭を掻いた。

「さっきから見えているのに」

と、目を細めて小径の先を見上げる訪問着姿の母。

だが、それを言うなら帝都の富士見坂からでも富士山は見える。

「本家は見えてからが遠いんだよ。父さんのスクーターで来ればよかったのに」

那佳はそう言ったものの、実は父のスクーターは年代物であまり当てにはできない。機嫌よく走ってくれるのは三回に一回ぐらいの割合なので、父も仕事には乗っていかないのだ。

それでも、那佳が小さかった時には、よく父の後ろに乗っかって、フェニックスの生える日南海岸や天神山公園に行ったものである。

「三人乗りは無理よ」

父のスクーターをあまり信頼していない母は、首を横に振る。

「それに那佳、今日は振り袖じゃないか？」

父も那佳を指さして指摘した。

「う～、そうだった」

那佳は樟脳の匂いがする裾を摘まんでパタパタと振り、脚の間に空気を入れる。

「……でもさ。本家が私なんかに何の用だろ？」

「那佳が帰国する半月ほど前かな。当主様から帰国し次第、浜町のお屋敷に連れて来るようにと連絡があったんだ」

父はネクタイを直し、肩をすくめた。

「まあ、那佳は世界のためにネウロイと戦っているからね。お褒めの言葉を頂戴するんじゃないか？」

「分家の分際で目立つことはするなって、お叱りを受けるんじゃ……」

浮かない顔は母である。

「君は悪い方に考え過ぎだよ」

父は笑うが、那佳もあまり本家にいい印象はない。

明野のウィッチ養成学校に入るまでは、毎年年始の挨拶に同行していたのだが、分家の父や母を一段どころか十八段ぐらい低く見ているのが、子供心にもはっきり分かったからだ。

そうこうしているうちに、ようやく三人は黒田邸の表門の前にたどり着く。

門の脇には、黒スーツ姿の男が二人、微動だにせず立っていた。

本家にはこうした警備の者が、他にも何人かいるらしい。

父が帽子を脱いで挨拶すると、男のひとりが視線で奥に進むように合図する。

「どもども～」

那佳が手を振って男たちに微笑みかけると、ひとりの方が思わず厳めしい顔を綻ばせて挨拶を返し、もうひとりに睨まれた。

門から玄関まで、白い玉砂利が敷き詰められた真ん中を、御影石の敷石が続いていた。

那佳はその敷石を、義経の八艘飛びさながらに跳んで進む。

「ごめんくださ～い！」

玄関で那佳が声を張り上げると、日本家屋には不釣り合いな燕尾服の男性が現れて一礼する。

欧州ではちょくちょく見かけたけれど、家令とか執事と呼ばれる人なんだろうなあ、と那佳は思う。

「黒田那佳中尉とそのご両親で御座いますな？　こちらへ」

白髪頭の燕尾服の男性は、奥の間へと三人を案内した。


「父さん、結構緊張するよね」

廊下を進みながら、那佳は父に声をかける。

年末年始の挨拶は玄関先で済ませるので、こんな奥まで通されるのは初めてなのだ。

「あ、ああ」

父は胸ポケットのハンカチでこめかみの汗を押さえた。

「お見えです」

立ち止まった燕尾服の男が襖を引いて、広間の中で待つ者たちに告げる。

八十畳はあろうかという大広間には、本家の人間が合わせて二十人ほど、左右二列に並んで座っていた。

那佳と大して歳の変わらない少女もいて、那佳にあまり好意的とは言えない視線を向けている。

床の間を背に座しているのは、口髭を蓄えた羽織袴の男性。

父よりもいくつか年上に、那佳の目には映った。

「ども」

（意地でも気後れしたりしないもんね）

那佳は胸の内で自分にそう言い聞かせ、口髭の男の前に出る。

「皇国陸軍飛行第33戦隊、黒田那佳中尉か？」

口髭の男が那佳に訊ねる。

「そうです」

座布団があるから座っていいのだろうと勝手に判断して、那佳は座った。

「私は当主の名代である」

口髭の男は笑みひとつ見せない。

「はあ」

那佳は曖昧に頷いた。

（当主の人ってじっちゃんと同い年のはずだから、この人は息子さんかな？）

「当家に呼ばれた理由は分かるか？」

「いえ、全然」

口髭の男が続けて訊ねるので、那佳は首を横に振る。

「本日を以て、お前は本家の養子となることに決まった」

「ええ⁉」

那佳は驚いた。

驚き過ぎて、使い魔である柴犬の耳が、ピョコンと頭の上に飛び出したくらいである。

「第506統合、統合航空戦闘──」

口髭の男は途中まで言いかけて顔をしかめた。

「第506統合戦闘航空団？」

助け船を出す那佳。

「そう」

口髭の男はかすかに赤面し、咳払いをする。

「その何とか団に扶桑皇国から人材を派遣するに当たり、この黒田の家に白羽の矢が立った。残念ながら本家にはウィッチはおらぬものの、お前ならば華族を名乗っても構わぬだろうという陸軍の判断だ」

「でも──」

「話してよいと言った覚えはない」

自分は何も聞いていないと反論しようとする那佳を、口髭の男は遮る。

「そもそも分家にウィッチが出た時点で、養子縁組みをという話はあった。だが、分家の小娘が発現したというのに、本家の者がウィッチになれぬはずはないという意見が親族のうちでも大勢を占め、今までその話は棚上げになっていたのだ」

（さっきから私を睨んでいるのが、その本家の子だよね？）

那佳はチラリとそちらの方に目をやった。

お嬢様学校の制服を纏った、たぶん、笑えば可愛らしい子だ。

周囲に期待されて、それに応えられなくて悔しい気持ちは那佳も分かる。

那佳は本家の娘にちょっと同情した。

「那佳、お前は黒田侯爵家本家の娘として、ノーブル・ウィッチーズに入るのだ」

「ノーブル・ウィッチーズ？」

「パリ防衛のために貴族の娘だけで構成される新部隊だそうだ」

貴族の魔女、ノーブル・ウィッチーズ。

新設部隊の呼称までは那佳もまだ知らなかったし、派遣のために養子にされるなんて予想外もいいところだ。

（私が華族だなんて、絶対おかしいって！）

「本家の体面のために、この子を養子にするんですか？」

母が那佳を守ろうとするかのように前に出る。

「たとえ名目だけでも本家の娘となれば、分家の子に甘んずるよりどれほど幸福か」

口髭の男は蔑みの笑みを浮かべた。

「それが分からぬほど、愚かではあるまい」

「…………」

母は唇を噛んで俯く。

「それとも敢えて本家に刃向かうか？」

「……いいよ、別に」

那佳は口髭の男を見つめながら、母の手を握る。

「養子っていうのは名前だけ。そうなんでしょ？」

「無論だ」

鷹揚に頷く口髭の男。

「この屋敷に住むだの、財産の分与に与ろうなどとは期待するな」

(誰がそんなこと！)

一言どころか、十言も二十言も言い返してやりたいが、両親に迷惑をかけたくないと思うから、那佳はここはぐっと我慢する。

「では、お披露目といこうか」

口髭の男は立ち上がった。

「お前が黒田の名に恥じぬウィッチであることを、皆に示して貰おう」

「って、どうやって？」

そう振られても、咄嗟にそんな方法は思いつきはしない。

「ほんの少しでよろしいのです。ストライカーユニットを使ってのデモンストレーションを」

途方に暮れる那佳の耳元に、そっと近づいた先ほどの燕尾服の男性が囁いてくれた。

親族一同の好意的とは言えない視線に晒される中、どうやらこの人は味方のようである。

「でも、ストライカーユニットが――」

「ここに用意してある」

口髭の男は障子を開けた。

その向こうは中庭――といってもちょっとした公園よりはよほど広い――になっていて、その真ん中、錦鯉が群れをなして泳ぐ池の近くに、移動式のハンガーにストライカーユニットが据えてあった。

「あれって三式戦闘脚Ⅰ型丙。どうしてここに？」

那佳の目が丸くなる。

「黒田の財力を甘く見ないことだ」

口髭の男が鼻を鳴らした。

「皇国のストライカー開発に、我が黒田侯爵家は少なからぬ援助しておる。借り出すのは難しいことではない」

（欧州じゃ家族を亡くしたり、家を失う人がたくさんいるのに、こんなことのために呼び戻されたってこと？）

自分が戦うのはじっちゃんやばっちゃん、父さんや母さんに楽をさせるため。

普段、そう割り切って戦っているはずの那佳でも、だんだん腹が立ってくる。

それでも、何とか堪えて庭に出ると、ハンガーの前に立った。

三式戦闘脚Ⅰ型丙は、練習機として使われている機体らしく、何度か塗りなおした形跡が見られる。

（整備とか、大丈夫なのかな？）

チラリと広間を振り返ると、不安そうな父と母の姿が目に飛び込んできたので、那佳は安心させるように笑顔で手を振った。

「さてと」

ハンガーの支柱に手をかけた那佳は、ストライカーユニットに飛び乗った。

両足がユニットにすっぽりと収まると、光の魔法陣が生まれ、プロペラが回転を始める。

だが。

「え？」

飛び立とうとした瞬間。

那佳の体は弾かれたように真横に飛んだ。

（制御が――）

肩から庭の松に激突し、その幹を抉って撥ね飛ばされ、顔から芝生の上に落ちる。

（利かない！）

柔らかな芝生に顔がめり込んだ。

親族の失笑が、耳に飛び込んでくる。

「那佳！」

駆け寄ってくるのは、たぶん父と母だ。

（父さんのあの声。ちっちゃい頃、私が川に落ちたときと同じだ。私は平気だったのに、狼狽えちゃって）

「……ぶはっ！」

那佳は顔を芝生から引き離し、口の中の土を吐き出した。

「大丈夫」

慌ててハンカチを取り出す母に向かって、那佳は言った。

「お怪我は？」

燕尾服の男性が手を貸してくれて那佳は芝生の上に座る。

「ありがと……ええっと、執事さん？」

「家令でございます」

那佳が礼を言うと、家令はほんの少し、親族連中に見えないように笑みを返した。

やはり、この人だけは那佳を邪魔者扱いしないようだ。

「何が起こったんだい？」

父が、那佳の顔を覗き込む。

「何でもないよ。左右のユニットの出力が思ってたより違いすぎて、ちょっと戸惑っただけ。整備不良かな？」

肩をすくめる那佳。

だが。

整備不良ぐらいでこれだけ極端に出力の差が生まれる訳がない。

誰かが、那佳に恥をかかせようと、もしくは怪我をさせようと仕組んだのだろう。

（誰の仕業？）

自分を気遣う父の肩越しに屋敷の方に目をやると、本家の娘がほくそ笑んでいる様子が見えた。

（まず間違いなくあの子だよね）

だが、だが、スパナを握ったことなどないようなあの子自身では、ストライカーユニットに細工をするのは恐らく無理だ。誰か、機械に詳しい者にやらせたのだろう。

「あのような無様な輩が、この黒田の家を背負って欧州へ？」

「とんだ醜態ですわね」

「所詮は分家の娘、あれが限界ということですかな？」

「大丈夫なのでしょうなあ？　分家の娘に家名を汚されるなど、あってはならないことですぞ」

娘だけではない。

いい年をした大人の親戚たちも、口々に那佳を小馬鹿にする言葉を並べ立てた。

（この人たち、みんなこういうのが見たかったんだ。まあ、いいけどね）

那佳は胸と顔についた泥を払うと、魔法力を集中させて体を浮き上がらせた。

「今のは無しね。これからが本番」

風が芝生の切れ端や木の葉を舞わせ、錦鯉の池に波紋を生み出す。

（悪いけど、もうあなたたちを喜ばせないから）

さっきは不意を衝かれた。

だが、左右の出力の差がどれくらいか、実際に体が覚えてしまえば那佳にとっては何ということもない。

片脚で、しかも傷ついた戦友を抱えて飛んだこともあるのだ。

（そうだよ。あの時はもっと――）

那佳の記憶は過去へと飛んだ。

＊　＊　＊

油井に激突して炎に包まれた小型ネウロイが、錐揉み状態で砂丘に突っ込んだ。

砂塵が舞い、爆風に乾燥した熱い空気が震える。

「あっぶない。今ので弾切れだよ」

那佳は少し迷ってから、弾倉が空になった得物を捨てた。MG42
ついでに、黒煙を上げて動かなくなった右のストライカーユニットも脱ぎ捨てる。

「……ごめんね、つれて帰ってあげられなくて」

これでだいぶ身軽になった。

雑音混じりの隊長の命令が、インカムを通して那佳の耳に届いた。

『作戦終了！　撤退する！』

周囲を見渡すと、他のウィッチたちが疲れた顔で帰路につこうとしている。

那佳も旋回し、真っ直ぐに基地を目指す。

無傷な者はひとりもいない。

紅海方面での任務の中でも、油田を守るこの作戦は、摂氏50度近い気象条件、敵ネウロイの数、様々な意味で今までで一番過酷な戦いだった。

地上部隊の被害も甚大で、戦車やハーフトラックの残骸が砂礫に半分埋もれるようにして煙を上げている。

「……私を置いていけ」

背負っている戦友のウィッチが、那佳の腕をつかんで呻いた。

「なんで？」

那佳は空いた右手で、その手を握り返した。

背負ったウィッチの息遣いが、かなり弱っているのが分かる。

「片肺というだけでも基地に帰投できるかどうか分からないのに、私を背負ってでは無理だよ、黒田」

背中のウィッチは冷静に続ける。

「いつも言ってたじゃないか？　給料分だけきっちり働いて、じっちゃん、ばっちゃんに楽をさせるんだって？　これは給料分には入っていないだろう？」

そう。

那佳にとって、戦いはただの仕事。

家族を食べさせるためのものだ。

崇高な義務だなんて考えたこともない。

だが。

「どうかな？　帰ってから隊長に聞いてみるよ、特別手当が出るかって」

那佳は前だけを真っ直ぐに見て飛んだ。

戦友の言葉は正しい。

消耗は激しく、基地の数キロ手前からは歩くことになるだろう。

「それから、前にも言ったよ。那佳でいいって」

戦友のお尻を支える左手を何か温かいものが伝い、指先から滴り落ちる。

「……そうだったね、那佳」

戦友はふっと笑う。

「基地に着いたら、何かおごって」

太陽が地平線の向こうに没した瞬間から、砂漠の気温は急激に下がる。

体力の落ちた者にとっては危険なレベルまで。

那佳は魔法力を振り絞って速度を上げた。

「諦めないからね」

その言葉が戦友に向けられたものか、それとも自分へのものだったのか、那佳自身にも分からない。

「……」

戦友は答えなかった。

無慈悲な太陽が、砂丘の彼方に沈んでゆく。

安息の夜が訪れようとしていた。

* * *

（あの時に比べたら、こんなの――何でもない！）

「黒田中尉、いきます！」

ストライカーユニットが、那佳の体を空へと押し上げた。

眼下の黒田邸は、見る見る小さくなってゆく。

（なあんだ。おっきいお屋敷だと思ったけど、空からだとあんなもん？）

那佳の口元に、笑みが浮かんだ。

二千坪を超える邸宅も、大空から見下ろすとちんまりとした箱庭のよう。

那佳の飛ぶ姿を見ようと庭に飛び出してくる親戚一同に至っては、まるで落とした飴にたかる蟻んこである。

「さてと」

那佳は急降下し、地面すれすれのところでまた上昇して見せた。

次いで、背面飛行。

そこからひねりを入れながらの八の字飛行を行い、超低空飛行へと移る。

（へへ～んだ）

難しいことをやっているように見えるが、ネウロイ相手の実戦ではもっと急激な旋回をすることがしょっちゅうである。

この程度の動きは何でもない。

（伊達にこれで稼いでないもんね～）

飛翔している間、那佳は地上の柵から解放され、体が風に溶け込んで自由になるのを感じる。

だが、地上に張り付いている親戚たちは間近でウィッチが飛ぶのを目撃するのは初めてなのだろう。

全員、芝生の上で棒立ちになり、呆気に取られた顔で空を舞う那佳を見つめている。

その中でも、唇を噛んで悔しそうにしているのは本家の娘だ。

「お代は見てのお帰りだよ～！」

本当に、見物料を取りたいくらいである。

「よっと！」

那佳は本家の娘の前、地上50センチほどの高さのところで停止すると、白い歯を見せて笑いかける。

「ね、飛んでみない？」

「わた、私は――」

顔を強ばらせて後ずさる本家の娘。

「特別サービスだよ」

本家の娘の両脇に手を入れて抱え上げると、那佳はまた空に舞い上がった。

「ひいいいいいいいっ！」

本家の娘の悲鳴が、晴れ上がった空に響き渡る。

「たいしたＧじゃないでしょ？」

垂直に急上昇をかけながら、那佳は本家の娘に声をかけた。

「実戦だとね、もっと凄いんだよ」

これでも、結構気遣っているのである。

「このあたりで、まだ地上１０００メートルぐらいかな？」

「お、お放しなさい！」

本家の娘は蒼白になって必死にもがく。

「いいけど、危ないよ？」

那佳はほんのちょっと手を弛めた。

「やめてーっ、放さないで！」

今度はしがみついて懇願する本家の娘。

「も～、どっちなの？」

もちろん、本当に放す気はない。

「とにかく降ろしてええええええええっ！」

「ちゃんと降りられるかな？　何だか、このストライカー調子が悪くて」

那佳は少しばかり意地悪になって呟く。

「ごめんなさい、私が細工させたの！　ごめんなさい、ごめんなさい、ごめんなさい、ごめんなさい、ごめんなさい、ごめんなさい、ごめんなさい、ごめんなさい、ごめんなさい、ごめんなさい、ごめんなさい、ごめんなさい、ごめんなさい、ごめんなさい！　謝るから、許して～っ！」

本家の娘は顔をくしゃくしゃにして、金切り声を上げた。

（お返しのつもりだったけど、ちょっとやり過ぎたかも）

反省した那佳はゆっくりと降下し、石灯籠のそば、芝生の上にふわりと本家の娘を降ろす。

「はい、遊覧飛行おしまい」

石灯籠にもたれるように崩れ落ちた本家の娘は、白目をむいて泡を吹いていた。

「だらしないなあ」

頭を搔く那佳。

「な、なんて野蛮な！」

母親らしき中年の女性が娘に駆け寄って抱きかかえ、キッと那佳に怒りの目を向ける。

「む、娘や〜っ！」

さっきまで威張り腐っていた口髭の男も同様だ。

そして、案の定。

「ほ、本家のご息女になんということを！」

「分家の分際で、身の程を弁えぬか！」

「調子に乗りおって！」

他の親戚たちも嵩に掛かって那佳を責め立てた。

(うわあ、私、一方的にワルモノ？)

もう、うんざりだ。

養子の話は破談でいいから、じっちゃんばっちゃんのところに帰って、休暇の間のんびり羽を伸ばしたいと心底思う。

だが。

「こんな娘に育てた親も同罪だな」

「おこぼれを頂戴したくてノコノコ来たようですが、烏滸がましいですわね！」

「親子揃って、とんでもない連中だ」

「たかり屋風情が！」

「本家に逆らって無事に済むとは思うな！」

親戚たちの悪意は、両親にまで向けられた。

「ちょっと！　父さんと母さんは関係ないでしょ！」

大切な両親を詰られて、那佳の頭に血が上る。

「そもそも、喧嘩を売ったのは――」

「もう止そう、那佳」

父が那佳の肩にそっと触れた。

「家に帰るよ」

「当然だ。養子の件は、そちらから辞退したということで処理する」

口髭の男が鼻を鳴らす。

「つい先日まで存在も知らなかった分家如きに、黒田侯爵家の大事な財産を渡してなるものか。たとえ、ほんの一部でもな」

「最初から、そちらの財産には興味なんぞありませんよ。私はただの勤め人ですから」

那佳には、そう答える父が屈辱に耐えているのがよく分かった。

父も母も、年末年始、盆や彼岸にもきちんと本家に挨拶に訪れている。それなのについ先日まで存在も知らなかったと言われたのだ。

（私たちって、本家にとってはそんなもんなんだ）

握りしめた那佳の拳に力がこもる。

だが、両親が堪えているのに那佳がまたひと暴れ、という訳にはいかないだろう。

と、その時。

「待て」

背中で低い、落ち着いた声がした。

那佳が振り返ると、庭の池の畔に杖を突いた老人が立っていた。

吹けば飛びそうな華奢な老人で、白い髭を15センチほど伸ばし、チャンチャンコをまとっている。

那佳とあまり変わらない位置に頭があるのだから、背も高くない方だろう。

ちょうど落語に登場する、長屋のご隠居のようなおじいさんである。

「と、当主様！」

一同は一斉に頭を下げた。

「父上！」

口髭の男も同様である。

（このおじいちゃんが……当主？）

那佳はちょっと驚く。

（うちのじっちゃんとあんまり変わんないんだけど？）

口髭の男の父親なのだからと、那佳はもっと意地の悪そうな老人を想像していたのだ。

「どうやら、儂の意志に反して謀を企んだ者がおるようだの？」

老人は、その口髭の男を睨む。

「このような茶番を仕組んだのは己か、息子よ？」

「あ、いえ」

さっきまでの勢いはどこへやら。

口髭の男は萎れた大根の葉っぱのようにへなへなになって俯いた。

「気を悪くしたか、嬢や？」

老人は那佳を振り返り、声をかける。

「当然でしょ？　おじいちゃんが黒田の当主なの？」

「そうは見えぬか？」

当主はニヤリと笑った。

「貫禄ない」

那佳ははっきりと言う。

「そりゃ傷つくのう」

当主は白い顎髭をしごいた。

「よく知ってみれば、ちょいワルちょい渋のナイスガイなのじゃぞ？　若い頃はモテモテじゃったしのう」

「とにかく、これで帰るから」

ハンガーのある所に戻ってストライカーユニットを脱いだ那佳は、両親の腕を取ると正門の方へ向かう。

「養子の話はお断りね」

「そうはいかぬ」

「どうして？」

那佳はふくれっ面で振り返る。

「すでに軍部と話は付いておるのだ。新設の部隊に華族を送り込めぬとなると、黒田家のみの問題ではない。扶桑皇国が世界に恥をさらすことになる」

「お生憎様だけど、私、もう決めたから」

黒田侯爵家のことなど知ったことではない。

那佳は首を横に振る。

「そうか」

肩をすくめた当主は、パチンと指を鳴らした。

例の黒スーツの男たちが、那佳の行く手を阻むように立ちふさがる。

「養子の話を蹴ってこの場を後にすると言うのなら、儂の屍を越えてゆけ！」

後ろに控えていた家令に向かい、当主は手を差し出した。

「扶桑号を！」

「ははっ！」

家令がいったん下がると、一振りの槍を持ってきて当主に恭しく差し出した。

長い平三角の穂に、柄には螺鈿が施された美術品のような槍。

実際、由緒のある槍である。

黒田家の家臣、母里太兵衛が太閤秀吉の許を使者として訪れた際のこと。

たまたま酒席を開いていた秀吉はほろ酔い気分で太兵衛にも酒を強いた。

主命を帯びての参上なので太兵衛はこれを固辞したが、秀吉は己の意に逆らうことを許さず、大杯になみなみと注がれた酒を飲み干せば望みの物を与えるとまで約束した。

そして、見事にそれを飲み干した太兵衛が秀吉から得たのがこの名槍扶桑号。

以来、黒田家の家宝として伝えられているのだ。

「老いたりとはいえ、小娘に遅れは取らぬぞ」

チャンチャンコを脱ぎ捨て襷をキュッと結んだ当主は、槍をビュンと振ってみせる。

「そっか。じゃあ、おじいちゃんに勝てば帰っていいんだね」

話は簡単。

このじいさんを叩きのめし――手加減はできればするけれども――てここから出てゆくだけのことだ。

「それだけではない。この愚かな連中に詫びを入れさせ、以後、意趣返しのようなことはさせぬと約束しよう」

当主は親戚一同に侮蔑の視線を投げかけた。

「怪我させたらごめん」

と、言いながらも那佳は屈伸と背伸びで体を解す。

やる気満々だ。

「那佳様、これを」

公平を期すためか、家令は那佳にも日本刀を渡した。

刃渡り90センチほどの真剣である。

「ネウロイとの戦いじゃ、使ったことないんだけどなあ」

那佳は鯉口を切って鞘を払い、二、三度振り下ろしてみる。

実戦で日本刀を用いたことはまだないが、魔法力を使えば何とかそれなりの形にはなりそうである。

「那佳」

父が咳払いをして注意を促した。

「そっか」

那佳は握り直して、峰を相手の方に向ける。

屍を越えていけとは言われたが、本当に斬ったら流石に不味いだろう。

「あれを穿いてもよいぞ」

当主はハンガーのストライカーユニットを、槍の穂先で指し示した。

「ハンデというやつじゃ」

「後悔しても知らないよ」

那佳は鞘を帯に差して、ひらりとストライカーユニットに飛び乗る。

柴犬の耳と尻尾がピョコンと飛び出し、再び輝く魔法陣が足下に生まれる。

「来い、娘っ子！」

当主が槍を構えて声を張り上げた。

「いっくよ〜！」

那佳は当主に向かって、真っ直ぐ正面から突っ込んでゆく。

槍の方が当然間合いが広いが、こちらはストライカーユニットを装着している。

速度に加え、一撃の重さが違う。

「貰ったあっ！」

肩の上に背負うように構えた刀が、間合いに飛び込みつつ振り下ろされる。

だが。

「甘い！」

当主は左足を引きながら、槍の穂先で那佳の白刃を巻き上げた。

「うっそ！」

体勢が崩れる那佳。

当主は透かさず槍を手元まで引き、穂先を斜めに走らせた。

「とととととと！」

せっかくの晴れ着の袖が、大きく切り裂かれる。

槍は突くものとばかり思っていたので、斬る攻撃は想定外だ。

どうもネウロイ相手の戦いとは勝手が違う。

当主の方が遥かに悪知恵が働く。

「お正月に買って貰ったばっかなのに！」

あと十年は着ようと思っていた振り袖を台無しにされ、那佳は悲鳴に近い声を上げた。

「もう怒った！」

一旦上空に舞い上がると、先程と同じように肩の上に刀を置くように構え、正面から突っ込んでゆく。

「愚かな！」

当主は勝利を確信した。

「可哀想じゃが、肋の1本や2本は覚悟せい！」

芸のない攻撃を嘲笑うかのように、当主は腰だめに槍に構え、気合いを入れる。

「はあああああああああっ！」

だが。

「な〜んちゃって」

那佳は間合いに入る寸前、体を折って急減速をかけた。

「うぉ!?」

当主の槍が空を切る。

「こっから本番！」

那佳は回転しながら左手で帯から鞘を抜き、左右から当主に打ちかかった。

「むうっ!?　二天一流！」

当主は一間あまりも跳び退って、ギリギリのところで那佳の攻撃を躱しながら唸る。

宮本武蔵の兵法として名高い二天一流。

その二代目寺尾孫之允より五輪書を伝授された柴任三左衛門が、黒田家に伝えた二刀を使う流派である。

那佳自身は二天一流を学んだことはないが、咄嗟にこの動きが出たのは、たとえ分家であっても黒田の血ゆえなのかも知れない。

もっとも。

「……にてん……何、それ？」

当の那佳は、二天一流の名前さえ知らないようだった。

「面白い！　面白いぞ、小娘！」

喜色満面となった当主が、目にも留まらぬ三段突き、四段突きを繰り出してくる。

「歳の割にがんばるね！」

ようやく相手の動きに慣れた那佳は、これをことごとく跳ね返す。

父や母、それに他の親戚たちはこの光景に言葉を失う。

特に、刃を交える度に振り袖が傷んでいくのを見つめる父の苦悩は深い。

月賦がまだ十八か月も残っているのだ。

「嘗めるな、小娘！」

「嘗めてんのはそっち！」

一進一退の攻防が続くが、そうなると若い那佳が有利である。

当主はだんだん息が上がってきていた。

このまま、相手が疲れて降参するのを待つというのもひとつの手だが、那佳はそれを潔しとはしなかった。

「そろそろ決着、つけちゃうよ！」

那佳は宣言した。

「望むところじゃっ！」

急降下をかける那佳と飛び上がる当主。

鋭い金属音が響きわたった次の瞬間。

扶桑号は当主の手から離れ、クルクル回転して芝生の上に突き立った。

「ここまでだよ、おじいちゃん」

尻餅をついた当主の鼻先に、日本刀の切っ先が突きつけられていた。

「養子にはなってあげる。他の親戚は気に食わないけど、おじいちゃんは悪い人じゃないみたいだから」

那佳は刀を鞘に納め、大きくひとつ息をつく。

「いや、まいった！」

当主は胡座を掻いて座り込み、豪快に笑った。

「見事なり扶桑撫子！　これで黒田の家も扶桑も安泰じゃわい！」

＊　　　＊　　　＊

夕方になってから、改めて養子縁組みの儀が行われた。

那佳はボロボロになった振り袖の代わりに本家の娘の着物を借り、当主と固めの杯を交わした。那佳の前には尾頭付きの鯛を始め、膳に乗った料理が並ぶ。

一応、礼儀作法は心得てはいるつもりだが、普段、家ではちゃぶ台で食事を取るし、軍でもテーブルで食事することがほとんどだったので、いろいろ細かい作法にこだわると、動きがぎこちなくなる。

慣れぬ正座に足は痺れ、せっかくの料理を味わうどころではなかった。

「あの～、これって持ち帰りにできます？」

涙目で給仕の女性に頼み込むと、那佳は当主が差し出した杯をぐいっと呷った。

（う、これ美味しい！）

喉が渇いていたせいもあり、那佳はついつい杯を重ねる。

「嬢や、お主はもう我が娘じゃ」

当主はそんな那佳を見て微笑むと、親戚一同に宣言した。

「黒田那佳は黒田家の大切な娘である！　以後、これに異議を唱えることは許さん！」

不服のある親戚たちも、全員が頭を下げた。

と、これで話が終われば感動的だったのだが……。

「御嬢様、ささ」

「これから是非御昵懇に」

つい先刻まで那佳を白い目で見ていた親戚たちが、下にも置かぬ持て成しぶりを見せる。

その連中の愛想笑いを見ていると、飲まずにはいられなくなり――。

「けど、娘って変だよね～？　おじいちゃん、うちのじっちゃんとあんまり変わんない歳でしょ～」

固めの杯を五杯もお代わりした那佳は、ほろ酔い加減で不平を口にし、ケラケラと笑う。

「……そなた、可愛げがないと言われたことはないか？」

口をへの字にする当主。

台無しである。

「何ともいやはや……」

「あの子ったら」

消え入るように身を縮ませる父と母。

そんな二人に優しく声をかけたのはあの家令である。

「堂々となされて構わないのですよ。お嬢様は黒田の誇りです」

家令は優しく慰める。

「今夜は泊まってゆくがよい」

酒宴の後で、当主は那佳に告げた。

「え、でも？」

そろそろ実家に戻る頃だと思っていたので、両親の顔を見る。

父と母は短く視線を交わしてから頷いた。


その夜。

那佳はあの本家の娘に誘われて、一緒に風呂に入っていた。

温泉宿のものかと思うくらいの広い風呂だ。檜の香りがする風呂桶も泳げる、とまではいかないが、十分に手足を伸ばして入ることができる。

帰国する際の艦で、水を極力節約する生活を強いられた那佳にとっては至福の時である。

黒田本家で使われている石鹼は、オリーブオイルを使った舶来の高級品で、泡立ちもいい。

本家の娘は最初はびくびくした感じで、那佳が話しかけても生返事しか返ってこなかったが、しばらくするとあごの辺りまでお湯に浸かりながら小さな声で言った。

「……………あの」

「ん、何？」

泡まみれになっていた那佳は、鼻歌交じりで娘の方を振り返る。

「昼間は本当に……ごめんなさい」

娘は視線を合わせることができずに湯の表面にできた波紋を凝視した。

「私、あなたが財産を奪う気だって、父に聞かされて。それで悔しくって」

それでも普通は破壊工作を実行に移したりはしない。この娘、行動力だけは那佳と通じ合うものがありそうだ。

「あり得ないって、そんなの」

白い綿のような泡が、一笑に付す那佳の慎ましやかな胸を覆う。

「軍ってけっこ～貰えるんだよ。ウィッチだと特に」

だから那佳は軍へ入る道を選んだのである。

「私、みんなにウィッチになることを期待されてたの。あなたに発現があってからは特に」

告白する娘の声が震えた。

「そっかあ」

それはそれで辛かっただろうなあ、と那佳は思う。

「新聞であなたの活躍を見る度に、父も母もため息をついて」

泣きそうになった娘は、顔を湯に浸ける。

「……背中、流してあげる」

那佳は本家の娘の手を取って、湯船から引き出した。欧州ではウィッチ同士、一緒に風呂に入ってよく背中を流したものだが、これは扶桑から伝わった習慣だという。

「え、あの？」

戸惑う娘を座らせ、那佳は手拭いに石鹼をつけて背中を洗ってやる。

白くて滑らかな肌は、流石に華族のお姫様、という感じだ。

那佳は紅海での戦いでかなり日焼けしたのが、いまだに残っている。

手首や胸元、それに太股にはっきりと色の境目ができていて、ちょっと恥ずかしい。

「ね、私たち友達になれるよね？」

那佳は本家の娘に訊ねた。

「……う、ううう」

本家の娘は泣き出す。

「ご、ごめん！　嫌だった？」

慌てる那佳。

「違うんです」

本家の娘は目を擦りながら振り返る。

「嬉しくって」

「だったら、今日から友達ね！」

那佳は形式上、自分の姪となった娘の手を握り、大きく上下に振った。

石鹸の泡が、風呂場のあちこちに飛び散った。

（ちゃんと、分かり合えるんだよね？　話してみれば）

那佳は窓から覗く、月に目をやる。

だが。

窓から覗いていたのは月ではなかった。

「おじいちゃん、また！」

本家の娘が胸を隠しながらそちらを睨む。

窓のところからニヤけた顔でこちらを見ていたのは、あの当主だった。

「またって⁉」

那佳は訳が分からずに当主と娘の顔を見比べる。

当主は風呂を焚く時に使う火吹き竹を振ると、頭を引っ込めた。

「おじいちゃん、私がお風呂に入っているとしょっちゅう覗きに来るの！」

娘は憤懣やる方ない表情で風呂桶に飛び込む。

「の、覗き⁉」

那佳が目を丸くしていると、風呂場の扉が開いた。

「これこれ、失礼なことを言うな。儂はお前の成長を見届けたいだけであって、決っっっして嫌らしい気持ちはないのじゃ。那佳よ、そなたも今日からは儂の娘じゃ、じっくりと観察を……いや、それより背中を流してやろうかの？」

開き直った当主は、だらしなく弛んだ顔で風呂場に入ってくる。

「こ、こ、こ、こ――」

那佳はちょっとでもいいおじいちゃんだと思った自分が情けない。

「このスケベ爺！」

那佳はサイドスローで檜の手桶を投げつけた。


この半年後。

黒田侯爵喜寿の祝いに描かれた肖像画には、前歯が3本欠けた姿が描かれた。

日展に出品され、数々の賞を恣にした名画であるが、当主は前歯を失った理由について黙して語ることはなかったという。

興味ない。帰れ。

マリアン・E・カール大尉

（フリーランスの雑誌記者の突撃取材で、黒田中尉についての質問を受けて）

「やっと見つかった～！」

中継地パ・ド・カレーを後にして、どこまでも続くかに見える森の上を飛ぶこと数時間。おやつとして持ってきたマカロンを食べ尽くした頃、黒田那佳中尉の視界にようやく基地らしい施設が入ってきた。

「お腹空いた～！」

マカロンの破片を口のまわりにつけたまま、ふらふらになって滑走路に降下した那佳は、あたふたする整備班員に誘導されて着地した。

「ありがとう！　これ、お願いします！」

ストライカーユニットを預けた那佳は格納庫に入って、あたりを見渡すと、一番近くにいたウィッチらしき少女に声をかける。

「あの～、ここって５０６ＪＦＷの基地でいいんですよね？」

「そうだよ」

金髪を肩のところで二つに分けて束ねた、勝ち気そうな少女がガムを噛みながらポケットに手を突っ込んだまま答える。

「今度、この基地に配属になった黒田那佳中尉です！　どうぞよろしく！」

那佳は背筋を伸ばして敬礼する。

「え、新人さん？　聞いてないよ」

少女は目を丸くして、隊長執務室の方向に目をやる。

「もしかして、隊長のサプライズかな？」

「サプライズはないと思いますよ。歓迎会の準備もありますし」

そう言いながら近寄ってきたのは、清楚な雰囲気が漂うブラウンの髪の大人しそうな少女である。

「じゃあ、ジェニファー聞いてる？」

金髪の方がブラウンの髪に訊ねた。

「いいえ」

ジェニファーと呼ばれた少女は頭を振ってから那佳の方に向き直り、小さくて柔らかそうな手を差し出す。

「初めまして。ジェニファー・J・デ・ブランク大尉です」

「こ、これはどうもご丁寧に」

那佳は差し出された手をぎこちなく握り返した。

「私はカーラ・J・ルクシック。中尉だよ」

最初の金髪の少女が、ニッと白い歯を見せて名乗る。

と、そこに。

心ここにあらずといった表情のダークブラウンの髪の少女が、理知的で気丈そうな顔立ちの金髪の少女と共にやってきた。

「ども！」

那佳は二人にもペコリと頭を下げる。

「隊員の増強があるという知らせは来ていないんだが……ま、いいか」

ダークブラウンの髪のウィッチが肩をすくめた。

「私はジーナ・プレディ中佐。一応隊長。で、こちらがマリアン・E・カール大尉」

「よろしく。マリアンでいい」

マリアンはグッと力いっぱい手を握る。

「こちらこそ」

と、那佳も負けずに握り返す。

「この二人とは自己紹介が終わっているんだな」

ジーナはジェニファーたちを一瞥した。

「念のため、確認してくる」

ジーナは頭を掻きながら、執務室に向かった。


数分後。

「やっぱり、そういうことですか？」

ジーナは受話器を握ったまま、ああという感じで軽く頷いていた。電話の相手はロザリー・ド・エムリコート・ド・グリュンネ。第506統合戦闘航空団名誉隊長である。

『よかった、見つかって。彼女も疲れているでしょうから、行方不明ということで捜索隊を出そうかと思っていたところだったの。そこでストライカーユニットの整備を兼ねて、そちらで数日、預かってもらえない？』

「黒田中尉にこちらの状況をよく知ってもらった上で、そちらとの架け橋の役を務めてもらおうということですか？」

ジーナはすぐにロザリーの意図を読み取った。セダンのA部隊とここディジョンのB部隊。二つは同じ５０６でありながら、関係は良好とは言えない。ロザリーはあわよくば那佳を緩衝材（かんしょうざい）にするつもりなのだ。

『うまくいくかもと思っちゃうのは楽観的すぎるかしら？』

「私も黒田中尉には興味があります。引き受けましょう」

『ありがとう、助かるわ』

　電話が切れると、ジーナは那佳と他（ほか）のウィッチたちが談笑（だんしょう）する控室（ひかえしつ）に向かった。

「黒田中尉」

　ジーナはミルクティーのカップを手にくつろいでいる那佳に声をかける。

「念のために確認を取った。君の勘違（かんちが）いだ」

「勘……違いって？」

　那佳はきょとんとした顔になる。

「君が配属されたのはセダン。このディジョンではない」

「え～っ！　だって、ここ５０６ＪＦＷの――」

「第５０６統合戦闘航空団にはＡ部隊とＢ部隊がある。このディジョンはＢ部隊の基地。君は本来、Ａに向かうはずだった」

「貴族様か」

今まで笑顔を那佳に向けていたマリアンが、急によそよそしくなった。

「そっか～」

那佳はここに来る途中、干し草を積んだトラックのおじさんに506の基地はどっちの方かと訊ね、こちらに飛んできたのだ。

「まさか、同じ部隊が二つあるなんて」

「同じじゃないよ」

カーラが頭を振る。

「あっちは威張り腐った貴族様の集まり。こっちは気ままで自由な奴らのたまり場さ」

「お偉い貴族様にこの基地は、さぞ居心地が悪かったろうな」

マリアンが、今まで那佳と打ち解けようとしていたのを恥じるかのように皮肉を口にした。

だが。

「あはははははっ、まっさか～！」

「お前——」

那佳が笑い飛ばしたので、マリアンは拍子抜けしたような表情になる。

「貴族っていったって、名前だけ。扶桑だけが貴族を——あ、扶桑だと華族って言うんですけど、それを出せないと体裁が悪いっていうんで、分家の端っこの端っこだった私を無理矢理養女にして送り込んだんですよ～。お偉い貴族なんて言われると、むず痒いっていうか、恥ずかし～っていうか」

那佳は頭を掻く。

「調子が狂いますね、マリアン」

クスリと笑ったジェニファーが、マリアンの顔を覗き込む。

「……ふん」

マリアンはそっぽを向いた。

「まあ、長旅の疲れもあるだろうから、二、三日休んでからあっちに向かうといい」

ジーナが那佳に告げる。

「ありがとうございます！　喜んでそうさせてもらいます！」

那佳はお辞儀をすると、カーラたちにも笑顔を向けた。

「その間、いろいろ教えてね」

「おっおう、任せとけ～」

カーラがドンと自分の胸を叩いてむせる。

「はい」

と、ジェニファー。

「ふん」

マリアンはもう一度そっぽを向いた。


30分後。

「あ、あのさ～。何をうろうろしてるんだ？」

格納庫のハンガー付近でうろうろしていた那佳を見つけ、カーラが声をかけた。

「何かお手伝いしようかな～って」

那佳は答える。

「お給料貰ってるんだから、その分はキッチリ働かないと」

「働かないで給料もらえたら、そっちの方が良くないか？」

カーラは不思議そうに首を傾げた。

「なんか、そういうの駄目なんですよね」

那佳は腕組みをして考え込む。

「職人気質っていうか、じっちゃんのせいかなあ？　お金はキッチリ貰うけど、仕事もきっちりやれって教わってきたから」

「ほんと、貴族っぽくないよなあ」

カーラは吹き出し、自分が手にしていたコーラの瓶を那佳に渡した。

「おいし！」

一口それを飲んだ那佳は目を丸くする。

「ソーダ水っぽいけど、もっと癖になりそうな味！」

「そ、そうか⁉」

まるで自分が誉められたかのようにカーラの顔がパッと明るくなった。

「こっちに来いって！」

「っとととと！」

カーラは那佳の手を取って控室に向かった。


「わ、私まで」

カードを配られたジェニファーは戸惑いの色を隠せなかった。

控室では、那佳とカーラにジェニファーを加えた三人でポーカー大会が始まったのだ。

「二人じゃ盛り上がらないだろ？　マリンコはあの調子だし」

カーラは自分の手札をにらみ、チップを何枚出そうか真剣に悩んでいる。

三人から少し離れたソファーでは、マリアンが雑誌を手に、まるで那佳などいないかのように振る舞っていた。

「ほんとにマリアンさん、貴族が嫌いみたいだね。A部隊って、そんなに嫌な感じの人ばかりなの？」

那佳は声を潜めてジェニファーに尋ねる。

「ど、どうでしょう？　向こうの方たちとはあんまりお話する機会はなくって」

人の悪口には縁がないジェニファーは首を横に振りながらカードを二枚取り替える。

「それじゃ、嫌な人たちかどうかなんて、分からないじゃないですか？」

那佳はハートのAを残し、他四枚をすべて取り替えた。

「うちの姪、あ、姪っていっても本当は遠い親戚で、養女に行った先のお嬢さんなんですけど、最初は意地悪されてこいつめって思ったんですけど、よく話してみたら、悪い子じゃないって分かって」

「……黒田さんって優しい人なんですね」

ジェニファーはそう微笑んでからマリアンの方にチラリと目をやる。

「分かってる」

雑誌に熱心に目を通す振りをしていたマリアンは、わざとらしく背中を向けた。

「……けど、貴族は貴族。受け入れられるほど、人間が出来ちゃいないんだろうな」

「マリアン……」

ジェニファーの声が沈む。

と、その時。

「あ！」

那佳が重い空気を振り払うかのように素っ頓狂な声を上げた。

「私、勝ったかも！」

来たカードのうち、最初の二枚はクラブの4とダイヤの6。だが、残りはスペードのAとダイヤのAだった。

「ねねね、これ勝ち？　勝ちだよね!?」

那佳は興奮してみんなにスリーカードとなった手札を見せる。

「相手に見せてどうすんだよ」

「……おります」

こうして。

那佳はビギナーズ・ラック、一攫千金のチャンスを失ったのだった。

二日後。

ストライカーユニットの整備も終わってセダンに旅立つ那佳をB部隊のウィッチたちは見送りに出ていた。

とはいえ。

「ウィトゲンシュタイン大尉は難物だぞ。あっちに行ったら覚悟するんだな」

マリアンは相変わらず素っ気ない。

「うん。ありがとう！」

マリアンは答えずにそっぽを向くと、早く行けと言うように手を振った。

「ごめんね、あんな態度だけど――」

代わりに謝るのはやっぱりジェニファーだ。

「大丈夫、分かってるから。ばっちゃんが言ってたもん、愛想がない人ほどほんとは優しいって！」

「じゃあ、私はどうなるんだよ？」

愛想がいいにも程があるカーラがからかう。

「カーラはカーラ。表裏ないでしょ？」

「黒田中尉、こっちにいて欲しいよ～！　な、今からあっちは断れ！」

カーラは思わず那佳に抱きついていた。

「中尉の一存でそんなことができる訳ないでしょう?」

ジェニファーがため息を漏らす。

「……これ、餞別な」

カーラはカンバス地の肩掛けバッグを那佳に渡した。

「コーラ、こんなに」

中を覗いた那佳は息を呑む。バッグの中身は、カーラが愛してやまないコーラの瓶が半ダースだった。

こうして、黒田那佳は本来の所属部隊の基地であるセダンに旅立った。

そして。

ジェニファーの足元には、コーラのバッグを肩に掛けた際にひょいと置いた、那佳の全財産を入れた雑嚢があった。

——この後、那佳が忘れ物に気がつき、すぐにディジョンに引き返してB部隊の一同を呆れさせたことは、公式の記録からは消去されている。


しばらくして。

「来るのは今日でしたね」

A部隊所属のベルギカ貴族ウィッチ、イザベル・デュ・モンソオ・ド・バーガンデールは、先ほどから時計と南東の空を交互に見ていた。

「使い者にならないようなら、Bに追い返せばよい」

長い金髪をなびかせ、腕組みをしたハインリーケ・プリンツェシン・ツー・ザイン・ウィトゲンシュタインは不敵に笑う。

「返品ですか？」

イザベルは振り返る。

「おそらく、そうなろうな。何しろ基地を間違えるうつけ者じゃ」

やがて。

空にポツリと那佳の姿が見えてきた。

ハインリーケは着陸してくる那佳の前に歩み出る。

「黒田中尉じゃな」

ハインリーケはゆっくりと自分の方に近づいてくる那佳に声をかけた。

「あ、はい！　黒田那佳、扶桑陸軍中尉でありま……す！」

停止直前で敬礼しようとしたものだから、那佳はつんのめってひっくり返りそうになった。

（こ、こやつ、わらわを馬鹿にしておるのか？）

その様子を見て、ハインリーケの顔に不快そうな表情が浮かぶ。

「ハインリーケ・プリンツェシン・ツー・ザイン・ウィトゲンシュタイン。カールスラント空軍大尉。５０６の戦闘隊長をやっておる」

ハインリーケは冷凍貯蔵庫から出してきたばかりのような声で名乗った。

（この人があの？）

と、那佳の目が丸くなる。

ハインリーケ・プリンツェシン・ツー・ザイン・ウィトゲンシュタイン。

一度、いや、十回聞いても那佳には覚えられそうにない名前である。

（プリンさんとか、プリン大尉って略したら、絶対叱られるよね？）

那佳は不謹慎なことを考える。

「ウィトゲンシュタインでよい。こちらだ、グリュンネ少佐が待っておられる」

ハインリーケはロザリーの執務室の方を視線で示した。

「……戦闘隊長さんがわざわざお出迎えに？」

ふと、気になって那佳は聞いた。

「基地を間違えて意気揚々と着任報告に行ったといううっかり者が、どのような奴か気になったのでな」

ハインリーケはそう言ってしまってから、嫌みが過ぎたかと反省する。

だが。

「申し訳ありません！」

那佳はただ頭を下げた。本当に悪かったと思ったのが半分、減俸処分はなんとしても避けたいというのが半分の平身低頭である。

減俸処分は、給与明細を見るのが何よりも楽しみな那佳にとって、死刑よりも辛い。

あいにく、今まで死刑になった経験はなかったが。

「ほんとに言い訳のしようもなくって、ごめんなさい！」

だが、こうした態度もハインリーケの目には上官に卑しく媚びたように映っていた。

「……この卑屈さ。貴族と名乗るに値せぬわ」

小さく呟いたハインリーケは、その姿を見たくもないという素振りで背中を向けた。

（やっぱり、マリアンさんが言ってた通りの人なのかな？）

名誉隊長の部屋に向かうハインリーケの後に続きながら、那佳は思う。

（でも！　これから同じ隊でやってく仲間だもん、絶対に仲良くなってみせるよ！　これもお給料のうちだもんね！）
那佳はグッと拳を握りしめ、胸のうちで誓った。
だが――。
孤高の人、ハインリーケの心を開かせるのがどれほど難しいか。
那佳はやがて、嫌というほど思い知ることになるのだった。

姫様（ひめ）は今の世に、地上に降り立った戦乙女（ヴァルキリー）よ。幼き頃（ころ）より、皆（みな）そう思うておりましたわい。

ウィトゲンシュタイン家領内在住の年輩（ねんぱい）の婦人

第二章 CHAPTER 2
回想の姫君

ガリア北方、ベルギカ国境に近いアルデンヌ県セダン。

この深い森に覆われた地に、第５０６統合戦闘航空団「ノーブル・ウィッチーズ」のＡ部隊基地があった。

何故、Ａ部隊基地というのかというと、ディジョンにＢ部隊基地があるからだ。

５０６ＪＦＷは、Ａ、Ｂ二つに分裂した他に類のない部隊なのである。

Ａ部隊を構成するのは、本来の設立目的に添う貴族の血を引くウィッチたち。

Ｂのメンバーは戦力不足を補うためにリベリオンから送り込まれた、ほとんどが貴族ではないウィッチたちである。東の空からゆっくりと闇に包まれようとしている時間帯、そのＡ部隊格納庫、ハンガー脇に設けられた簡易休憩室では――。

「ですから、アンコと寒天の絶妙なハーモニーに、みかんの酸味がアクセントになって、さらに豆の食感が――」

シュタイン大尉に熱く説いていたのは、扶桑名物アンミツの魅力だった。

新入りの那佳はここ何日か、ハインリーケとの親睦を深めようと、その行く先々でまとわりついていた。親睦を深める気などさらさらないハインリーケは最初、追い払おうと空しい努力を繰り返していたが、今はもう半ば諦め気味である。

「そのアンミツと称する菓子だかデザートだかの、仕様はよう分かった」

興味がなさそうに欠伸を嚙み殺す、起き抜けのハインリーケ。

ハインリーケはナイト・ウィッチ。夜間哨戒が主な任務なので、那佳たちとは生活のサイクルがほぼ12時間違っている。

ハインリーケがスペックと言ったのは、アンミツのレシピのことのようだ。

「だが、それが美味だというのが信じられぬと言っておる。特にそのアンナだか、アントニオだか――」

「アンコのこと？」

那佳はビーンズ・ペーストとでも説明した方がよかったかな、と一瞬思ったが、それでは独特の風合いがあるアンコの語感が損なわれてしまう。

「そう、そのアンコとやら。ブリタニアの庶民が食するフィッシュ&チップスの付け合わせで出るマッシュした豆。あれに砂糖を加えたようなものであろう？」

ハインリーケは表情を歪める。

戦闘隊長拝命の直前、ロザリーとたまたま訪れたピカデリー・サーカスのパブで赤ら顔の店主に出された、見栄えが良いとは到底言い難い一皿を思い浮かべたらしい。

異論もあるが、カールスラント料理と並んで、世界中から不味いお国料理の代表格と見なされているブリタニア料理。中でも、あの豆は頂けないとハインリーケは常々思っているようだ。

もっとも、ブリタニア人に言わせれば、カールスラント名物のカリーブルストやアイスバインなぞ、料理の名にも値しないところだろう。

「あれはグリーンピースだから、ウグイス餡って感じになるのかなあ？　扶桑だと普通、小豆を使うんだよ」

那佳は腕組みをして考え込む。

ウグイス餡の団子は確かに美味しいが、あの黄緑の餡は配色のバランス的にはアンミツにはNGだ。

「小豆とな？」

小豆はどうやら、ハインリーケの語彙にはない単語のようである。

「うん。ちょっと紫茶色っぽい豆」

「キドニービーンズのようなものか?」

「近い! けど、ちょっと違う」

那佳は身を乗り出し、パチンと指を鳴らした。 キドニービーンズの方が、豆が大きめ。アンミツよりも甘納豆に向いているかも知れない。

甘納豆のあのジョリジョリした砂糖の食感も、那佳が愛して止まない扶桑懐かしの味のひとつではあるのだが、甘納豆はアンミツよりもやや高い。那佳にはなかなか手を出しにくい菓子である。

「……いよいよ分からぬ」

ハインリーケは眉間にしわを寄せて首を傾げる。

「とにかく。私はそういうのが好きなんですよ。小さい頃から食べてたし」

口の中で唾が溢れそうになるのを感じながら、那佳は続けた。

「で、大尉の好きなお菓子って何ですか?」

「いきなり聞くのう」

顎の下に手を当てたハインリーケは、かすかに眉を上げる。

「……ふむ。改めて訊ねられると、それほど菓子類にこだわったことはないやも知れぬ」

「うわ〜、信じられない！」

那佳はまるで、軽犯罪で死刑を求刑されたような顔になった。

「それって、好きな時に好きなだけお菓子を食べられる人の発言ですよ。パンがなければ、お菓子を食べればいいいって言ったの、大尉じゃないんですか？」

那佳はマリー・アントワネットの姿をしたハインリーケの姿を、心密かに思い浮かべた。

羽扇を口元に当てて高らかに笑ったりするのが、意外と似合いそうである。

やれと言っても、絶対にやらないだろうが。

「ガリアの王妃のごとき失言はせぬわ。わらわには庶民感覚というものがあるからの」

庶民という言葉さえ、人生でそう何度も口にしたことがなさそうな顔でハインリーケは胸を張る。

「……嘘っぽい」

華族とはいっても。

侯爵家の傍系の分家の端っこで、姫様らしい処遇とはとんと無縁だった那佳には、とうてい信じられる話ではない。

「仕方がない。わらわが幼少の頃、いかに庶民に溶け込んで慕われていたかの話を聞かせてやろう」

ハインリーケがそう言った途端、ソファーの肘掛けのところに座っていたイザベルがラジオのボリュームを上げた。

グレン・ミラー・バンドの『ムーンライト・セレナーデ』が休憩室に響きわたる。

「そこ、ラジオがうるさい！」

キッと振り返るハインリーケ。

「壮大な英雄物語の序幕だから、ＢＧＭで演出をしようかと」

イザベルは、全く悪気はないといった様子だ。

「……バーガンデール少尉は無視するように」

ハインリーケは咳払いをすると、那佳に語りだした。

「あれはまだ、わらわがストライカーユニットを身につけることもできなかった幼少の砌――」

＊　　＊　　＊

どこまでも続く針葉樹の深い森。

慎ましやかな木漏れ日が、少女の金髪に降り注ぐ午後のこと。

「軍は八歳でもまとえるストライカーユニットの開発を急ぐべきじゃ」

　幼いハインリーケは馬車に揺られながら、不満を訴えていた。

「仰せの通りで」

　ウィトゲンシュタイン家に仕えて七十余年。齢八十の御者が答える。もっとも、この御者、かなり惚けているせいか、どんな問いかけにも「仰せの通りで」としか答えないのだが。

「現代の科学技術を以てすれば、そう難しいことではあるまい」

「仰せの通りで」

「さすればわらわは、すぐにでも今世間を騒がしている怪異を成敗してみせるものを」

　後にネウロイと呼ばれることになる存在は、まだこの頃、ただ怪異とのみ呼ばれていた。

「仰せの通りで」

「ウィトゲンシュタイン家が独自に開発するのはどうであろうな？」

「仰せの通りで」

「……父上は、どうして分かってくれぬかのう？」

　ハインリーケは、昨日の夕食の席での会話を思い出す。

午後8時。

18世紀に据えられた、当時としては最新式の暖炉で、熱せられた薪がパチンと爆ぜる。

ハインリーケは父と母、三人で夕食を取っていた。

古い習慣から、客人がいない時でも、十二人掛けの長テーブルを使うので、屋敷の食堂はいつも閑散とした感じが漂っている。本日のメイン・ディッシュは、干し鱈のクリームソース。

ウィトゲンシュタイン家のシェフはガリア人なので、他のカールスラント貴族の屋敷と比べると、かなりヴァリエーションに富んだ料理が常々供されている。

土地柄もあり、鹿肉などのジビエ料理も豊富だ。

「わらわは手柄が欲しゅうてたまらぬ」

パンを千切りながらハインリーケが呟くと、ワイン・グラスを口に運んでいた父は、貴族らしく慎ましい笑みを湛えた。澄んだ黄金色を湛えるこのワインは、モーゼルに似た口当たり。領地内の葡萄園で収穫した葡萄で作られた、八年ものだ。

「焦らなくとも、まだ怪異はいなくならないさ。むしろ、近年出没の回数は増えている」

「ええ、悲しいことですけれど」

自分のナプキンでハインリーケの頬についたクリームソースを拭った母が、ひとこと口

を挟む。

「じゃが、わらわの八歳の時代はあと……」

八月十四日生まれのハインリーケは指折り数えた。

「十か月と九日で終わってしまう。八歳で初陣を飾りたいというのに」

「ハインリーケ」

父はワイン・グラスをテーブルに置いた。

「高貴なる義務を忘れてはいないだろうね？」

「弱き者を守るために、貴族は戦う」

物心がついた頃から何度も言い聞かされてきた言葉を、ハインリーケは繰り返す。

「個人の栄誉のために、戦いに臨んではならないのだよ」

「うう」

そう指摘されたハインリーケは、赤面して俯くしかない。

「付け合わせの野菜を残してはいけませんよ」

「うう」

母の命令は、ハインリーケにとってはさらに過酷なものだった。

「……遅いの。まだ村には着かぬのか？」

「仰せの通りで」

馬車はウィトゲンシュタイン家の領内にある村のひとつに向かっていた。

村のハンナおばさんが焼くシュトレン――ドライフルーツとスパイスをふんだんに使った焼き菓子――が目当てである。

ハンナのシュトレンは、近隣の村々からだけではなく、遥かメルヘン街道上の都市からもわざわざ求める者がやってくるほどの絶品なのだ。

「早く着かぬと、わらわの分までもが売れてしまう」

自分の足で走った方がまだ速い馬車の動きに、ハインリーケは焦れる。

「仰せの通りで」

答えた御者はいっこうに馬車を急がせる気配はない。

「楽しみじゃのう、シュトレン」

ハインリーケは唾液の分泌が盛んになるのを感じた。

やがて――。

「ちょ、ちょ〜っと待って！」

話の途中で、那佳は遮った。

「さっき、菓子類にこだわったことがないって言いませんでしたか？」

「お主も細かいのう。今は幼き頃の話をしている。もはや時効じゃ」

「そんなのってズルい！」

なおも抗議を続けようとする那佳の鼻と口を、ハインリーケの手が覆う。

「続きを聞きとうないのか？」

「……ひひはふ（聞きます）」

那佳は頷いた。

＊　＊　＊

＊　＊　＊

馬車が村に着くと、住民のほとんどが外に出て、どこかに向かおうとしていた。

どうやら集会場を兼ねた、村でただ一軒のビア・ホールに集まろうとしているようである。

「何じゃ？　騒がしいのう」

馬車からピョンと降りたハインリーケは、村人たちに近づく。

すると。

「おお、姫様だ！」

「姫様が来てくださるとは！」

村人たちはハインリーケを囲んだ。

「私たちの苦境を知った領主様の、名代としていらっしゃったのですね？」

代表らしき中年の村人が、感謝の余りに涙を溜める。

「ま、まあな」

この雰囲気で、まさかシュトレンを買いに来たとは言えないハインリーケである。

「これで今月は三回目です！」

「このままでは地代も納められません！」

「どうか、対策を！」

村人たちは口々に訴えた。

「ともかく」

腰に手を当てたハインリーケは自分よりずっと背の高い男たちを見渡すと、こうした状況では万能とも思える言葉を口にする。

「詳しい話を聞こうではないか？」

ハインリーケは村人たちとともに、木骨造りの古いビア・ホールへ入った。

席は二十ほどだが、集会場としても使われるので村人全員を収容できる広さがある。

こうした店では良くあるように、オーブンを兼ねた暖炉の上の梁にはソーセージやハムが掛けられて、適度に燻されていた。

奥のテーブルには、いつもポーカーをやっている二人組がいる。

以前来た時、この二人のプレイする様子を見て、ハインリーケは30分ほどで、ポーカーのルールを覚えた。

屋敷でメイドや執事を相手に幾度かゲームをこなしたが、負け知らずである。

「で？」

一同の顔が見えるように、カウンターによじ登って座ったハインリーケは促す。

「誰か事情をわらわに説明せぬか？」

「実は」

顔を見合わせた村人たちが語ったところでは――。

ここ半月ほどの間に三回、村の家畜小屋や穀物倉庫が襲われていた。

深夜のこと、それも普段は平和な村であり、見張りを立てていなかったので目撃者はいない。

無論、施錠はしてあった。だが、鋼鉄の錠前はまるで鋭い爪で切り裂かれたように壊され、扉もほぼ粉々になっていた。そして、牛や豚、鶏、それにチーズやソーセージ、小麦、大麦の袋がごっそりと消えていたのである。

「現場には、巨大な生き物の足跡が残っておりました。我々は獣の仕業だと思っておるのです」

頭は反射鏡なみに禿げ上がってはいるものの、白い髭は十分過ぎるほどに蓄えた村の故老が、深いため息とともに話を終えた。

「ベート、とな？」

ハインリーケは眉を顰めずにはいられなかった。

「はい」

故老が重々しく頷く。

「ジェヴォーダンのベート。あの怪物が、この村に現れたに違いありません」

ジェヴォーダンのベート。

それは、18世紀後半、ガリアで起きた血と恐怖の物語の主人公である。

１７６４年、ガリアのジェヴォーダンを中心とする村々で、少女や羊飼いの少年が立て続けに殺される事件が起きた。

子供たちはみな、腹や喉を切り裂かれ、半分喰われた無惨な姿で発見された。

目撃者の語るところでは、襲ったのは漆黒で、燃えるような目を持つ熊よりも巨大な生き物。

狡賢く罠を慎重に避ける、地獄から現れたような超自然の生き物だった。

村人たちはこれを恐れ、獣と呼んだ。

領主が派遣した見張りも、急いで結成された自警団も効果はなかった。

増え続ける犠牲者に為す術もない村人たちは、とうとう国王にベートの退治を訴え出た。

王は竜騎兵の部隊を送り込んだが、成果は上げられなかった。ベートは人々の努力を嘲笑うかのように、犠牲者のリストを増やしていった。

　国王はついに名高い狼ハンター、デンヌヴァル親子を、さらに王直属のハンター、アントワーヌ・ド・ボーテルヌまでをもジェヴォーダンに向かわせたが、その彼らも、数頭の狼を仕留めただけに終わり、ベートの痕跡を見つけることさえできなかった。

　その後もベートはガリアを恐怖に陥れ続けた。

　ジェヴォーダンからふっつりと姿を消したのは、一年近く経ってからのことだった。


「ふむ」

　話を聞き終わったハインリーケはカウンターからピョンと飛び降りると、熟考するように村人たちに背を向けた。

（これは初陣を飾る絶好の機会！）

　華奢な肩が小刻みに震える。

　無論、恐怖からではない。

　扶桑でいう、武者震いである。

「皆の者、安堵するがよい！　わらわが必ずやお主ら民を救おうぞ！」

　振り返ったハインリーケは宣言した。

「……姫様が、ですか？　領主様ではなく？」

きょとんとした顔になる村の古老。

「見くびるではない」

ハインリーケは傍にいた猟師の手から猟銃を奪い取ると、ポーカーに興じている二人組に筒先を向ける。

「スペードのＡ！」

小さな魔法陣がハインリーケの足下で輝いた。

引き金を絞ると、ハンマーが火皿に落ちて黒色火薬が燃え上がる。

球形の鉛の玉は、ハインリーケに背を見せていた男の手札の一枚に穴を開けた。

「どわっ！」

一瞬遅れて驚いた男が、手札を投げ出す。

ひらひらと宙を舞ったのは六枚のカードだ。

ポーカーの手札は通常、五枚であるにも拘わらず。

「二枚目のな」

ハインリーケは地面に落ちた二枚のカードを拾い上げた。

一枚は穴が開いたスペードのＡ。

もう一枚は穴が開いていないスペードのＡだ。

「Aが二枚!?　て、てめえ、イカサマやりやがったな！」

「気づかねえてめえが間抜けなんだよ！」

「道理でハートのKを三枚持ってても勝てねえ訳だ！」

「おめえもイカサマ野郎じゃねえか！」

カード仲間の二人は、つかみ合いの喧嘩を始めた。

この様子に、呆気にとられる村人たち。

だが、少しして。

「さ、流石は姫様！　見事な腕前！」

「ベートの奴も、もうお仕舞いだぜ！」

「姫様、万歳！」

一同は一斉にカウンターに殺到し、前祝いの祝杯を上げ始めた。


その夜。

「その件については、村の分署と合同で調査団を派遣することになっているよ」

ハインリーケがベートの話を夕食の席で持ち出すと、父はすでに知っていたらしく頷いた。

「怪物と戦うのじゃな！」

椅子を蹴るようにして立ち上がるハインリーケ。

「ハインリーケ、今は中世ではないんだ。私は本当に怪物が出たとは思っていない」

父は苦笑した。

「怪物よりも残忍で、無慈悲で狡猾な生き物、人間の仕業さ」

「あなた、もう少し教育に配慮した発言をなさってください」

父のシニカルな意見に母が眉を顰める。

「明日か。楽しみじゃの」

ハインリーケは笑みを浮かべ、期待に胸を――比喩的な意味で――膨らませた。

だが。

「お前は留守番だよ」

父は冷や水を浴びせた。――これも当然ながら比喩的な意味でだ。

「ど、ど、どうしてじゃ！」

ハインリーケはおもちゃを強請る子供のように父の腕にしがみつく。

「調査は真夜中。子供は寝る時間だ」

「じゃが、高貴なる義務は⁉」

「9時までに寝る。それが八歳の女の子の義務だよ」

父は優しく微笑んだ。

「わ、わらわは己の名のみを求めて怪物退治に乗り出そうとしておるのではないのじゃぞ！　村の民のことを思って！」

調査隊の一員になりたいハインリーケは必死だ。

「これ以上この話題を続けるなら、ベッドに行く時間を30分早めますよ」

優しく見えるこの母、実は父よりもず～っとハインリーケに厳しかった。

「うう、横暴じゃ」

「1時間早めます」

「……ごめんなさい」

ハインリーケは全面降伏した。

＊　　＊　　＊

「へえ～、大尉もやっぱりお母さんの方が怖いんだ？」

那佳はまたも口を挟んだ。

「この話の流れで、どうしてそこに引っかかるのじゃ⁉」

声を荒らげたハインリーケは軽い頭痛でも覚えたのか、こめかみを押さえる。

「いや～、うちと同じだな～って」

那佳は頭を掻き、自分の目尻を人差し指で押し上げた。

「母さん、怒ると目がこんなになって。もう怖い怖い」

「そ、それほどか？」

これにはハインリーケも吹き出さずにはいられない。

「怒鳴り声が近所まで響いて、恥ずかしいのなんのって」

「そなたの母はオペラ歌手か？」

ハインリーケは首を捻る。

扶桑の住宅事情を知らないので、他家まで声が届くという光景が想像できないのだ。

ハインリーケは怒鳴られることはなかったが、体を使う遊びが好きな子だったので、外出禁止はかなり応えた記憶がある。

部屋から一歩も出ることを許されず、乳母が終始行動を見張った。

食事もメイドがひとり付くだけなのだ。

もっとも、その自室が那佳の家全体と同じくらいの広さであることをハインリーケは自覚していない。

「あ、でも一応言っておきますけど、優しいこともあるんですよ。私が麻疹で寝込んだ時なんか、三日も寝ないで氷嚢を換えてくれたり」

「そうか……そうじゃな、それが母というものかも知れぬ。子を心配すればこそ、怒りもする」

ハインリーケは目を細める。

「で、続きは？」

那佳は先を促す。

「その夜遅く、確か午前1時を回った頃――」

ハインリーケは咳払いをして続けた。

＊　　＊　　＊

屋敷の全員が寝静まった頃。

ハインリーケの寝室の、鎧戸がついた白い大窓が音もなく開いた。

「先手必勝じゃ」

とっくにベッドに入っていなければならないはずの少女は、闇に紛れる暗めの色の外出着をまとっている。

調査隊が派遣されるのは朝。

ならば、今夜中にベートを捕まえる、というのがハインリーケの目論みである。

「今夜の活躍が『ハインリーケ・プリンツェシン・ツー・ザイン・ウィトゲンシュタインの冒険に満ちた華麗かつ偉大なる其の生涯』の序章を飾るのじゃ」

すでに自伝のタイトルまで決めているハインリーケは、狩猟用のナイフを抜いた。

一昨年の誕生日に、母の猛烈な反対を押し切って買ってもらった物で、鹿の角の枝がついた高級品である。

そのナイフでシーツを裂いて結び、紐状にすると、一方の端をベッドの支柱に結わえつけ、窓から垂らした。

シーツにぶら下がって窓を越えたハインリーケは、部屋を脱出する。

ここまでは計算通りである。

だが。

「……むう」

垂らしたシーツの長さは、地上に無事に下りるには2メートルほど足らなかった。

ハインリーケはちょうど、書斎の窓の少し脇に宙吊りになった形だ。

ぎりぎりまで端を掴み、タイツに包まれた爪先を伸ばすが、ぜんぜん地面には届かない。

そして、その書斎では父が何か書き物をしている。

羽根ペンを使っているところをみると、公文書の作成だろう。

ちょっと顔を上げれば、無様にぶら下がっている姿が丸見えである。

見つかったら、まず外出禁止三日は固いところだ。

（い、いかん！　このままでは志半ばにして俘虜の身に！）

志半ばどころか、序盤の序盤である。

「ええい、ままよ！」

ハインリーケは手を離した。

一瞬、無重力状態を経験した少女の体は、お尻から芝生の上に着地する。

「い、いひゃい」

何とか立ち上がったハインリーケは、腫れ上がっていないか確認するようにお尻を撫でた。

物音に気がついた父が、窓の近くにやってくる。

「とととととっ！」

ハインリーケは這うようにして、慌てて窓の傍から離れた。

「……狐か？」

父はいったん窓を開けかけたが、肩をすくめてカーテンを閉める。

ハインリーケはドキドキする胸を押さえながら、忍び足で芝生の上を正門の方へと向かった。

庭を横断してしまうと、二階から下りるより門を脱出する方がハインリーケにとっては楽だった。

まだ凹凸のないハインリーケの体は、門の鉄格子の幅よりも狭かったのだ。

「通り抜けられてもあまり嬉しくないのじゃ」

つぶやきながら、とにかく屋敷からの脱出に成功したハインリーケは、まず狩猟小屋へと向かった。

「確か、ここに……」

夏の狩猟シーズンにはよく使われるこの小屋の前に、森番がいつも村との往復に使う自転車を置いているのを知っていたのだ。

ハインリーケは森番が寝ているのを確認してからちょっと錆び付いた自転車を拝借すると、昼間訪れた村へと真っ暗な小径を急いだ。

サドルに座るとペダルに足が届かないので立ち乗りである。

街灯などあるべくもない道なので、途中、三回ほどコケた。

自転車を軋ませながら村に着くと、穀物倉庫の前にはランタンを手にした見張りが立っていた。

ベートを恐れ、おどおどしている見張りの若者は、猟銃を手に正面の扉の前を往復している。

ハインリーケは、周囲を見渡せる広場の井戸の傍らに身を隠し、ベートが現れるのを待つことにした。

そして、さらに1時間が経過した頃。

ベートが村に姿を現した。

＊　　＊　　＊

「うわ、ほんとにいたんだ、ベート！」

那佳は素直に驚いた。

「いい人だね、黒田中尉って」

イザベルが半分感嘆、半分呆気にとられたような笑みを那佳に向けた。

「ああ、同感だ」

コーヒーカップを手に頷いたのは、いつの間にか簡易休憩室に入ってきていたアドリアーナである。

「え？　何で？　怪物だよ、伝説のジェヴォーダンのベートだよ？　ユニヴァーサルのモンスター映画のもとになった怪物なんだよ？」

那佳は不思議そうに二人を見る。

「映画？」

その那佳を、同じように不思議そうな目で見たのがハインリーケだ。

「あれ？　知りません？　ロン・チェイニー・Jrの『狼男』？」

「知らぬ」

怪奇映画はハインリーケの趣味ではない。

ずいぶん前に、カールスラント表現主義の傑作と言われた『カリガリ博士』を屋敷で上映したことがあり、父の膝に乗って見たことがあったが、最初から最後まで訳が分からなかった。

以来、幽霊、怪物の出る映画は避けることにしているのだ。

「人間が狼に変身して村人を襲う映画なんですよ〜」

そう説明して瞳を輝かせる那佳は去年、慰問の映画鑑賞会でベラ・ルゴシの『魔人ドラキュラ』との二本立てで『狼男』を見ていた。

那佳はぐっすりだったが、一緒に映画を鑑賞したウィッチたちのほとんどはその夜、恐怖のあまりに寝室でひとかたまりとなって、まんじりともせずに夜明けを迎えたらしい。

「とにかくじゃ。わらわが張り込んでいると、黒い巨大な何かが現れ、見張りの若者に向かって突進した」

ハインリーケは話を続けた。

＊　　＊　　＊

ドガッ！

黒い巨大な影がぶつかると、見張りの青年は壁に叩きつけられて気を失った。

(よし！　今こそ、我が英雄伝説の始まり！)

ハインリーケが狩猟用ナイフを手に、飛び出そうとしたその時。

「……おい、見張りは倒したか？」

「ああ」

ベートが人間の声を発した。

いや、正確に言うと、ベートらしき大きな黒い毛皮の塊から、人間の声が聞こえてきたのだ。それも、どうやら二人分の声だ。

「いい加減、この皮、剝がそうぜ。臭くてたまらねえ」

「そうだな」

ベートの毛皮がズルリと地面に滑り落ちる。

「な、な、な、何じゃ、あれは⁉」

ハインリーケはずっこけた。

ベートの正体。

それは、大きな熊の毛皮を被せた荷車だった。

中に隠れていた五、六人ほどの男が勢いよくその荷車を押して、見張りを弾き飛ばしたのだ。

「詐欺(さぎ)ではないか⁉　父上の言っていた通りじゃ！」

思わず仁王立(におうだ)ちになって声を張り上げるハインリーケ。

「がっかりじゃ！　わらわはこんなにがっかりしたのは生まれて初めてじゃ！」

すると、当然。

「ん？」

「親分、あそこに変な娘(むすめ)っ子が？」

「寝(ね)ぼけた村娘みたいですぜ」

「捕まえろ」

男たちは気がついてハインリーケのところに駆(か)け寄ると、前後左右を囲んだ。

親分と呼ばれた厳(いか)つい顔の男が、ハインリーケの首根っこを摑んで持ち上げると、手からナイフを奪(うば)った。

「何だ、このガキは？」

「放せ、無礼者！　わらわを誰(だれ)と心得る⁉　ハインリーケ・プリンツェシン・ツー・ザイン・ウィトゲンシュタインなるぞ！　放さぬとひどいぞ！　痛い目に遭(あ)わせてくれようぞ！」

「それはそれは」

親分は、下半分が黒い髭に覆われた顔をハインリーケに近づけて慇懃に一礼すると、仲間を振り返る。

「おい、このおチビちゃん、ご領主様の尊い姫君であられるそうだ」

これを聞いて吹き出しそうになる男たち。

「お嬢ちゃん、嘘はいけねえぞ？」

「どう見ても貴族って面じゃねえな」

「アホ丸出し」

「気品のかけらもねえ」

「こいつが姫様なら、俺んちのババアはさしずめ女王陛下だぜ」

「じゃあ、俺はリベリオンの大統領～！」

村人たちを起こさないように声をひそめながらも、男たちは口々に言いたいことを並べ立てた。

「お、おにょれ～！」

悔しさにこめかみの血管が破裂しそうになるハインリーケだが、宙ぶらりんになった体勢では何もできない。

「よくもわらわをアホ呼ばわりしおったな！　貴様の方がよっぽどアホ顔じゃ！」

怒りに任せて手足を振り回しても、親分にはかすりもしなかった。

「どうしやす、親分？ 見られちまいましたが？」

部下のひとりが、親分に訊ねる。

「ともかく、仕事を済ませるぜ。考えんのはそれからだ」

「よせ！ 触るな、ふがっ⁉」

親分は部下に合図してから、ハインリーケに猿ぐつわをかませて縛り上げ、地面に無造作に転がした。

部下は火掻き棒のようなもので穀物倉庫の錠を壊し、さらに3本、扉に爪で引っかいたような跡をつける。

（こうやってベートの仕業にしたのじゃな。村人が騙される訳じゃ）

芋虫のような格好で身をよじったハインリーケは、少し感心する。

穀物倉庫の扉が開かれるまで、ほんの数分。

なかなか手際がいい連中である。

保管されていた小麦やライ麦の袋を次々と荷車に移すと、袋のいくつかは裂いて中身を地面にばらまいた。

ベートが引きちぎったように見せるためだろう。

「よし。引き際だ」

倉庫の食料品の三分の一ほどを荷車に積み終わったところで、親分が部下に引き上げるように手で合図をした。

「早いとことんずら、といきたいんですが……」

部下のひとりが、地面でのたうつハインリーケに視線を落とす。

「逃がしてやったら、村の連中にベートの仕業でねえことがバレますぜ？」

「殺っちまうんですかい？」

もうひとりが、ゴクリと唾を呑み込む。

「ひほほほひへへひへひほうほうふへふは！　はふへは、ひへひはへははふへふひへはほふほ！（紐を解いて正々堂々勝負せぬか！　さすれば、死刑だけは勘弁してやろうぞ！）」

ハインリーケはわめくが、その言わんとするところは猿ぐつわのおかげで全く伝わらない。

「子供を殺すのはなあ」

「俺らもそれはやめた方がいいって思いますぜ？」

「なら、どうすんだ？」

顔を見合わせ、考え込む部下たち。

「ははは、ほほへほひっへほほふひ！（だから、解けといっておろうに！）」

……やっぱり伝わらない。

「面倒くせえことになったな。だが、いつまでもここにいる訳にはいくめえ」

親分は頭を掻いた。

さっきの見張りの若者がいつ目を覚ますかも分からないし、交代の見張りが現れてもいい頃だ。

「アジトに連れて帰りますか？　このニセ姫をどうするかは、あっちで考えるってことで」

やや年長で、子供がいそうな男が提案する。

「ああ、そうだな」

親分は頷くと、ハインリーケをひょいと摑んで、荷車に乗せた。

「ほほほふははふはひ、はふほほふひふふほはっ！（このような扱い、断固抗議するのじゃ！）」

こうして。

ハインリーケは人生で初めての捕虜体験をすることになったのである。

＊　＊　＊

野盗たちは村の外れに隠しておいた馬に乗り、山へと向かった。

ハインリーケは荷車に乗せられたまま寝てしまい、目を覚ますと東の空が明るくなっていた。

アジトは山の中腹の古い塩鉱山の跡らしかった。

草で覆って隠してあった入口から、奥へと進む野盗の一行。

ランプの明かりで照らし出された内側は、外見から想像するよりずっと広かった。

荷車から盗んだ穀物を降ろした野盗たちは、早速酒盛りだ。

肴は盗んできたばかりのチーズやソーセージ。

ジョッキをテーブルに打ちつけながら、肩を組んで歌い出す連中もいる。

「悪かったな」

親分はハインリーケの猿ぐつわを外した。逃げないように手と足は縛ったままである。

「悪かったで済めばウィッチは要らぬわ」

ハインリーケは親分を、そしてワイワイ騒ぐ野盗たちを睨む。

「貧しい村から食料をかすめ取るなど、恥ずかしいと思わんのか？」

「盗まねえと、飢え死にだからなあ」

野盗のひとりが苦笑する。

「俺たちだって、土地がありゃ耕すさ。堅気みてえによ」

もうひとりが肩をすくめた。

「牛を飼ってもいい」

「羊もな」

「豚もだ、昔みたいに」

「ああ、昔みたいに」

一同はビールを呷りながら語りだす。

「昔？」

ハインリーケはビールの臭いと下手くそな歌に顔をしかめながら訊ねた。

「そなたら、以前は農民だったのか？」

「オギャアと生まれて、すぐに野盗になる奴なんかいねえって」

鼻を赤くした野盗がウインクする。

「けどな、お嬢ちゃん。み〜んな、なくなっちまったんだ。一切合切、跡形もなく」

「跡形も？」

「化け物に焼かれたんだ」

事情を呑み込めないハインリーケに、親分が説明した。

「怪異（かいい）とかいうやつのことさ。それに、軍にもな」

別の男が付け加える。

「俺たちが暮らしていた土地は戦場になったんだ」

親分は目の前に置かれたジョッキを一気に飲み干した。

「けどよぉ。地主はたんまり補償金（ほしょうきん）をもらったみてえだが、俺たちの懐（ふところ）にゃ1ペニーも入りゃしねえ」

腹の出た赤毛の野盗が肩をすくめる。

「故郷を離（はな）れ、悪事に悪事を重ねて流れ着いたのがこの豊かな土地って訳だ」

と、また別のひとり。

「俺たちは極悪（ごくあく）非道な野盗じゃねえ。村が食うに困らねえだけのものは残してやってるんだ」

親分は胸を張る。

「それにな、あの村は結構豊かだぜ？　俺たちが見てきた村の中じゃ、かなりマシな方だ」

「ま、まあ、父上が領主をしておるのだから、飢えさすことは当然ないのじゃが」

ハインリーケはちょっと誇らしい気分になる。

「お前、まだお姫様の振りを続ける気か？」

親分が呆れ顔でハインリーケを見た。

「だから、わらわは正真正銘のハインリーケ・プリンツェシン・ツー・ザイン・ウィトゲンシュタインじゃ！」

ハインリーケは頬を膨らませる。

「……もう一度言ってみろ」

親分はハインリーケに命じた。

「ハインリーケ・プリンツェシン・ツー・ザイン・ウィトゲンシュタインじゃ！」

「もう一度」

「ハインリーケ・プリンツェシン・ツー・ザイン・ウィトゲンシュタイン！」

「…………」

親分は眉を顰め、ちょっと考えてから部下たちの方を振り返る。

「おい。こいつ、本物かも知れねえ」

「モノホンのお姫さんだって？　まさか？」

ビールの泡を口の周りにつけた部下が笑い出した。

「本物じゃなきゃ、あんな長ったらしくて嘘っぽい名前を間違えずに三度も繰り返せるか？　ハインリーケ……ハインリーケ・プリンが何たらこうたらっていう？」

親分は名前を繰り返しかけ、途中で諦める。

「てこたあ？」

「！」

部下たちは沈黙し、一斉にハインリーケに注目した。

「……俺たちゃこれで誘拐犯だぜ」

親分は頭を抱えた。

誘拐は、窃盗と比べるとかなりの重罪である。

窃盗犯なら、警察に追われるのは罪を犯したその地域だけだが、誘拐犯となると全国指名手配だ。

「ひ〜っ！」

「嘘だろ！」

「誘拐なんて、悪党がすることだってのに！」

男たちは突然、オロオロし始めた。

「ど、どうする!?　警察が本気で追ってくるぜ！」

「やべえ、これはかなりやべえ！」

「は、早く別の土地に逃げねえと！」

中には荷造りを始める者までいる。

「まあ待て！」

親分が一同を制した。

親分はこう見えて人望があるのか、部下たちの動揺はさっと収まる。

「どうせここまで来ちまったんだ。領主様から身代金をたんまり頂くってのはどうだ？」

「じょ、冗談だろ！」

「危ないって！」

部下たちは震え上がった。

「なあ、お前の親父さん、お前のためにいくら払う？」

親分はハインリーケに訊ねた。

「野盗とは交渉(こうしょう)せぬ。ウィトゲンシュタイン家の父祖がオラーシャに暮らしておった頃からの伝統じゃ」

ハインリーケは首を横に振った。

「随分(ずいぶん)と凛々(りり)しいこった」

親分は鼻で笑う。

「けどなあ、父親の愛情はそんなもんじゃねえ。娘(むすめ)の身のためなら金なんざ喜んで払うさ」

「そなたは高貴なる義務、という言葉を知っておるか？」

ハインリーケは親分を見上げ、逆に訊ねる。

「あいにく、俺は高貴じゃねえんでね」

今度は親分が首を横に振った。

「では、謹聴(きんちょう)せい。高貴なる義務とは、力なき、弱き者を守ること。そして——」

「そして？」

「悪には決して屈(くつ)せぬことじゃ！　わらわにそう教えてくれたのは父上じゃ！　その父上がお前らに屈するものか！」

「……では、こうしよう」

目を細めた親分は、眼鏡をかけた部下を呼び寄せ、何事か囁いた。

眼鏡の部下はテーブルの上に紙を広げ、燭台を引き寄せてペンを滑らせ始める。

どうやら、読み書きができるのはこの男だけのようだ。

「これからお前の屋敷に手紙を送る。どっちの言い分が正しいか、すぐに分かるさ」

眼鏡の男から書き上がった書状を渡された親分は、それを丁寧に折り畳みながらハインリーケに告げた。

＊　　＊　　＊

荷車の上ではせいぜい1時間しか睡眠を取れなかったハインリーケは、藁のベッドで寝かされた。まだ午前中のはずだが、疲れていたせいかぐっすりと眠ることができた。

「起きたか？」

目を覚ますと親分が豆スープの皿とライ麦パン、それにミルクのカップを持ってやってきた。

どうやら、遅い朝食のようだ。

「縛られたままでは食することはできぬ」

体を起こしたハインリーケは、欠伸をしながら不平を口にした。

「面倒くせえが、大切な人質だからな」

親分はライ麦パンを千切って、ハインリーケの口に押し込んだ。

「うまいか？」

「不味い。シュトレンはないのか？」

ハインリーケはボソボソしたパンを噛みながら答える。

「ねえよ、んなもん」

親分は豆スープのスプーンを口に運んだ。

ハインリーケの好みよりはだいぶ塩味がきついが、ともかく、パンを胃に流し込むことができる。

「村を焼かれたと言っておったが、家族は？」

パンを呑み込んだハインリーケはふと、訊ねた。

「……化け物の光線が家を直撃した時、みんな中にいた」

親分はもう一度スープをスプーンですくう。

「一瞬だったからな。苦しまなかったたぁ思うぜ」

「済まぬ。悪いことを聞いた」

ハインリーケは目を伏せた。

いつもウィッチの華々しい活躍の話に心を躍らせ、いつか自分もと憧れてはいた。

だが今まで、その戦いの陰で失われる命に思いを馳せたことはなかったのだ。

「昔のこったからな」

スープが少しずつ、ハインリーケの口に注がれた。

「息子は生きてりゃ、お前と同じぐらいの歳だ」

親分はスプーンを置くと、胸に下げていたペンダントを手に取り、ロケットを開いた。

ロケットにはセピア色の写真が入っていて、写真の中では赤ん坊を抱えた女性が微笑んでいた。

（そうか。この者たちこそが）

高貴なる義務。

ハインリーケは、その真の意味をこの時初めて悟った。

そう。

彼らこそが、自分を守る術を持たない弱き人々。

ハインリーケたち貴族が、守るべき義務を背負った人たちなのだ。

「こいつらが生きてりゃ、別の生き方も考えたかも知れねえがね」

親分はロケットを閉じる。

「こいつらと一緒に、俺の中の何かも死んじまったんだ」

「きっと仇は取る」

ハインリーケは瞳に涙を溜めて誓った。

「わらわがいつか、怪異どもをこのカールスラントから消し去ってやるから」

「頼みますぜ、姫」

親分はペンダントを大切そうに仕舞い、ミルクのカップをハインリーケの口元に運んだ。


「来ましたぜ！」

夕方近くになって、アジトの入口を見張っていた部下がハインリーケと親分のいるところに駆けてきた。

「ご領主様はひとりか？」

親分が、蒼い顔の部下に訊ねる。

「とんでもねえ！　警察だか、軍だかそれとも自警団だか分からねえが、武装した連中を山ほど連れてきてますぜ！」

「父上にここに身代金を運ぶように脅迫したのか？　そなたも意外と賢くないのう」

ハインリーケは親分を見て鼻を鳴らした。

「ああ。俺の眼鏡違いだったようだ。お前のためなら、俺たちの言うことに従うと踏んだんだがな」

親分はハインリーケを立たせると、入口の方に連れてゆく。

隠し扉の隙間から覗いてみると、確かに父と、制服姿の警官たちがこのアジトを遠巻きにしている。

「お、父上じゃ！　父うっ！」

父に呼びかけようとしたハインリーケの口を親分が手で塞いだ。

「姫さん、お前さんの勝ちだ。貴族様は身内よりも法律や規律が大事と来た」

親分は皮肉げな笑みを浮かべる。

「どうすんです、親分？」

部下たちが親分を囲んだ。

「慌てんな。食料も武器もたんまりある。となりゃあ、守っている俺たちの方が有利だ」

「確かにのう」

ハインリーケも頷く。

城攻めには、守りの三倍の兵力が必要だとはよく言われている話だ。

「もうすぐ日が暮れる。逃げ出す隙ができるのを待つぜ。こっちには姫様がいる。領主様が気にするなと言っても、警察はそうそう迂闊に手は出せめえ」

「さあすが、親分」

部下たちは、ホッとしたように表情を弛めた。

と、その時。

「お前たちの手紙は見た！」

アジトの野盗たちに呼びかける、父の声が聞こえてきた。

「だが、身代金は渡せないし、お前たちを逃がすこともできない！」

父よりやや下がった位置にいる警官たちの銃は、みな、ピタリとアジトの扉に向けられている。

「娘が大事じゃねえのかよ⁉　え、領主様⁉」

親分が吐き捨てるように返す。

「ずいぶんとご立派なこった！」

「私には高貴なる者として、この近隣の村々の安全を守る義務がある！　だから、犯罪者には屈しないという原則は守らねばならない！　だが、もし娘の身に何かあれば、この命で償うとしよう！　お前たち全員を捕らえた後でな！」

父はそう告げた後で静かに付け加えた。

「ハインリーケ、お前は私の誇りだ」

「父上……」

ハインリーケは唇を噛む。


「わらわが、わらわが父上を苦しめておる。己の名誉のために、言いつけを破ってしまったわらわが悪いというに」

透き通るほど白い頬を、後悔の涙が伝う。

「何がウィッチじゃ、わらわはこんな時に、何も出来ぬではないか」

その様子に、荒くれ者の野盗たちもうなだれてしまう。

親分は部下たちを見渡すと、しばらくして大きなため息をついた。

「……やれやれ、俺たちにゃ他人様の家族は奪えねえな」

親分はハインリーケの紐を切ると、扉を開けた。

「ほらよ、姫さん」

「父上！　父上、父上！」

ハインリーケは飛び出し、父親の許に駆けていって腕の中に飛び込んだ。

「俺がひとりで誘拐した！　ここにいる他の連中はたまたま一緒にいただけで誘拐とは関係ねえ！　捕まえるのは、俺だけにしろ！」

親分が両手を上げて外に出る。

警官の銃口が一斉に親分に向けられるが、親分に動じた様子はない。

「ちょ、冗談じゃねえ！　親分ひとりのせいにできるかよ！」

「俺は親分とどこまでも一緒だぜ！」

「俺だって！」

部下たちも銃を捨てて親分に続いた。

「……手荒な真似は」

父はハインリーケの髪を撫でながら警官たちに指示した。

「了解しました！」

警官たちは、素直に従う野盗たちに縄をかける。

「父上」

ハインリーケは赤くなった目を擦り、父を見上げた。

「連中は悪人ではない。怪異に土地と家族を奪われた者たちじゃ。罪を償うたら——」

「ああ、うちで雇おう」

父は微笑んで頷いた。

「ひ、姫さん？」

このやり取りを聞き、呆けたように立ち尽くす親分。

ハインリーケは父から離れ、縛についた親分の前に立つ。

「必ず、わらわの許に来い。よいな？」

「あ、ああ」

「それと」

がっ！

ハインリーケはいきなり、親分の鳩尾に小さな拳をめり込ませた。

「済まぬな。わらわは誓ったのじゃ。必ず痛い目に遭わせると」

「……ひ、ひでえ」

親分は悶絶し、しゃがみ込んだ。

「父上、手が痛い」

ハインリーケは親分を殴った右手を父に見せる。

指の付け根の部分が、ちょっとだけ赤くなっていた。

＊　＊　＊

「こうして、わらわは見事に怪奇なるベート事件の真相を暴いたのじゃ」

ハインリーケは話を終えた。

「忍耐強く与太話を聞いてくれる人間が見つかってよかったじゃないか？」

那佳が感想を口にする前に、アドリアーナが苦笑してハインリーケをからかう。

「この話、そなたに聞かせたことはないであろう？」

ハインリーケはぷいと顔を背けた。

「何度も聞かされたのは僕ですよ。正確には二十三回」

と、右手を上げたのはイザベル。

「いい話じゃないですか」

庶民に慕われているというエピソードではなかったような気もするが、那佳は素直に感心した。

「異動してきて二日目で、ウィトゲンシュタイン大尉の相手の仕方を覚えるなんてすごいね」

イザベルが体をひねり、感嘆の視線を那佳に向ける。

「ああ、刮目すべき適応力だな」

アドリアーナは吹き出しそうになるのを必死で堪えている顔だ。

「棘のある物言いじゃのう、ヴィスコンティ大尉？」

こちらはいい気分で話していたのに、台無しにされたと言いたげなハインリーケ。

「美しい薔薇の宿命か？」

アドリアーナはウインクを返す。

と、そこに。

外の方でクラクションのような音がした。

「ん？　あの音は？」

ハインリーケが休憩室の扉を開けて、格納庫に出る。

那佳も何かなあ、と後に続いた。

すると。

「姫様〜っ！」

ちょうど、グレーに塗られたトラックが基地に入ってきて、格納庫の前で止まるところだった。

運転席から半分身を乗り出し、ハインリーケに手を振っているのは、どう見ても人相がいいとは言い難い、顎髭を蓄えた中年の逞しい男だ。

「ご領主様から、今週の差し入れですぜ！」

「あれって、大尉のお家の人？」

那佳は男の方を指さし、ハインリーケに訊ねる。

「そのようなものじゃ」

ハインリーケはトラックのところまで行くと、運転席の男に声をかける。

「毎回毎回、お主が来ることもなかろうに？」

「いえ、姫様のご尊顔を拝見できる機会を逃す訳にゃいきませんや。それに、領主様より様子を見てこいとキツく仰せつかっておりますんで」

少しばかり年はとったが、実はこの男、あの野盗の親分である。

今は領地のワイン畑の管理者となっているのだ。

「赤か？」

トラックの幌を上げて、荷の木箱を一瞥するハインリーケ。

「良い出来ですぜ」

男はニッと笑った。

「わらわはあまり赤を嗜まぬと申しておるのに」

ハインリーケはわずかに眉を顰める。

「仕方がない。整備班に振る舞うとするか」

これを聞いて、わらわらと集まってきてトラックを遠巻きにしていた整備班員たちが歓声を上げる。

「他の荷は？」

舞い上がる整備班をそのままにしておいて、ハインリーケは男に訊ねる。

「ご注文通り、ワグナーのオペラのレコードに、社会学に美術史の本、ケルン水に石鹸——」

男はリストで確認した。

「全部、揃ってますぜ。それで、次は何を持ってきましょうか？」

「そうじゃな」

ハインリーケはちょっと考え込む。

「カールスラントらしい菓子を。新入りが故郷の菓子の自慢ばかりするのでな。真に味わい深い菓子という物を教えてやらねばならぬ」

「バームクーヘンとか？」

　ちょっと考え込んで、元野盗の男は提案する。

「それ、扶桑にもありますよ！　わざわざ、ユーハイムってお菓子職人さんが昔、扶桑に来て作り方を広めてくれたんですって」

　と、那佳。

「……別の物にしろ」

　扶桑にあるものでは、ハインリーケにとっては意味がないようである。

「へえ」

　男はまた考え、今度は別のアイデアを出す。

「それじゃ、シュトレンで」

「よかろう」

　ハインリーケは満面の笑みで頷いた。

　荷を降ろし終わったトラックが帰ってゆくと、那佳はハインリーケを覗き込み、目尻を下げて思わせぶりな表情を浮かべた。

「な、何じゃ気味が悪い？」

　ハインリーケは顔を強ばらせる。

「大尉って」

那佳はハインリーケの顔に自分の顔を近づけた。

「ほんとに慕われているんですね？」

「あ、当たり前じゃ！」

急に気恥ずかしくなったのか、ハインリーケは腕組みをしてそっぽを向いた。

「ねねね！　今度、アンミツとシュトレンでお菓子対決しましょうよ？」

那佳は提案する。

「相手にならんわ。カールスラントのシュトレンは世界、いや、宇宙一じゃからの」

鼻先で笑い飛ばすハインリーケ。

すると。

「お菓子なら、ベルギカのチョコが王様」

「何を言ってるんだ。我が国が誇るジェラートに勝てる菓子なんて存在する訳がないだろ？」

なんと、イザベルとアドリアーナまでが参戦してきた。

実際にこの対決が実現するのは、まだまだ先の話なのだが――。

この時、某整備班員が撮った、不仲が噂されるハインリーケとアドリアーナが破顔するツーショットは、非常にレアな一枚として「ライフ」誌の表紙を飾ることになったのである。

あの……ええっと、よく分かりません。ごめんなさい。

サーニャ・V・リトヴャク中尉(ちゅうい)

（506JFW設立についてのコメントを「タイムズ」紙の特派員に求められて）

夜間飛行

「どう？　ここは馴染めた？」

　ここは名誉隊長ロザリー・ド・エムリコート・ド・グリュンネ少佐の部屋。

　待機任務に就く直前に呼び出された那佳は、淹れ立てのカフェ・オ・レと香ばしいガレットでもてなされていた。

「ええっと、自分ではそのつもりですけど」

　来客用の革張りの椅子に座った那佳は、隠し味にゲランの天然塩を使ったガレットをガリッと前歯で小さくかじる。

　一応、名誉隊長の前なのでお上品に振る舞ってみたのだ。

　ガレットは口の中で溶け、しっとりとしたバターの風味が広がった。

（こ、これは！）

　お上品もここまで。

那佳は堪らず、三日月形に残ったガレットを大きく開けた口に放り込んだ。

（絶対、今度のお菓子対決には、隊長にも参加してもらわないと！）

「隊長、引退して仕事に困ったら、絶対、パティシエになるといいですよ！　こんなに美味しい焼き菓子作れるんなら、他になんにも取り柄がなくても大丈夫！」

那佳の口から悪気はないとは言え、結構失礼な言葉が飛び出す。

「黒田さん」

ロザリーは那佳の正面に座って微笑む。

「あなたが来てくれて、とても感謝しているの。ウィトゲンシュタイン大尉はあの通り、ちょっと気難しいでしょう？　でも、あなたとは普通に話せているみたいだから」

「はっふぁふぁ（まっさか～）？」

木の実を頬袋に溜め込んだリスみたいな顔で、那佳は首を横に振る。

確かに。

ハインリーケはイザベラやアドリアーナよりも、那佳に頻繁に話しかけてくるようには感じる。

とはいえ、会話の八割方は「寝ぼけ眼を擦るでない」とか、「パンを頬張ったままお喋りするな」とか、「紅茶に砂糖を八杯も入れるな」とか。

一方的に叱責を受けていただけで、普通の会話とはとても言えないと那佳は思う。

「ウィトゲンシュタイン大尉はナイト・ウィッチでありながら戦闘隊長でしょう？　日中の戦闘に関してはヴィスコンティ大尉に一任していると言うけれど――」

ロザリーは濃いめに淹れたモカのカップに、数滴アイリッシュ・ウィスキーを垂らした。

「何かと口を出したがるものだから、ヴィスコンティ大尉だって辟易するし、何より彼女自身なかなか休む機会がないみたいなの」

「夜は哨戒任務、昼間は戦闘隊長じゃ、負担、確かに大きいですよね」

那佳は二枚目のガレットに手を伸ばしながら同意する。

「それでね」

ガレットをつまみかけた那佳の手を、ロザリーは握った。

「あなたにほんのちょ～っとだけ、ウィトゲンシュタイン大尉の夜間哨戒を手伝ってあげて欲しいの。あなたはまだここに来て日が浅いから、慣れてもらうためって言えば、大尉もきっと嫌とは言えないわ」

那佳を見つめるロザリーの瞳は潤んでいる。

こんな愛玩動物――リスかハムスター？――顔負けの瞳をされたら、断れる人間はいない。

「隊長も大変なんですね」

那佳は空いている左手でガレットを取りながら、ため息をついた。

「……ところで、夜間手当ってつくんですか？」


で、哨戒任務の15分前。

「そなたにナイト・ウィッチの適性があるとは思えんが？」

控室(ひかえしつ)のソファーに座り、那佳から話を聞いたハインリーケは顔をしかめた。

「ないです」

那佳はきっぱり断言する。

「でも、命令ですから。何事も経験ってことじゃないんですか？」

「右も左も分からぬ新人ならともかく、そなたは紅海(こうかい)の激戦をくぐり抜(ぬ)けてきた、そこそこの経験者であろう？」

「……そこそこですか？」

自分では給料に見合う以上の戦歴だと思っていた那佳はちょっとへこむ。

「まあ、よい」

ハインリーケは立ち上がった。

「任務に出る。支度せい」

「は～い！」

一瞬前までへこんだ顔をしていた那佳は、スキップしながらハンガーへと向かう。

「お仕事お仕事～夜間手当～」

鼻歌交じりの足取りには、緊張感の欠片もない。

「……大物なのか、単なる極楽とんぼなのか、今ひとつ分からぬのう？」

那佳の後ろ姿を見つめ、呟くハインリーケ。

後者です。

居合わせた整備班員の全員が思ったが、誰も口に出す勇気はなかった。

「黒田中尉」

ハインリーケと組んでの初哨戒任務とあって、アドリアーナとイザベルも見送りに姿を見せた。

「ネウロイを発見したら、直ちに報告するんだぞ」

腕組みをしたアドリアーナは、世話焼きの姉のような顔でちょっと心配そうに助言する。

ややもすると独善的と評されがちなアドリアーナだが、仲間想いという点では余人に引けを取るものではないのだ。

「はい」

この助言に、真剣な顔で頷く那佳。

「昼間とは全然違うんだ。たとえ小型が一機だとしても、単機でも落とせる相手だと高をくくるなよ」

「はい」

「分からないことがあれば、遠慮なくウィトゲンシュタイン大尉に質問しろ。説明も巧くないし愛想はないが、教えてはくれる」

「はい」

「まずは大尉とはぐれないように心がけるんだ。勝手に振る舞うかも知れないが、何とかついていけ」

「はい」

「バナナはおやつに入らないよ。あと、ペットの持ち込みは禁止」

「はい。……ってアイザックく～ん」

アイザックことイザベルの冗談にもつい真面目に返事をしてしまった那佳は、腰に手をやって頬を膨らませた。

＊　　＊　　＊

夜は視野が驚くほど狭まる。

対象物との距離感も失われ、たとえ月明かりがあっても目をつぶって飛んでいるような感覚を覚えるのだ。

ライトで照らし出された滑走路でさえ、そう感じるくらいだから、飛行中の不安も大きい。

視界を確保しようと、勢い高度が高くなりがちだが、そうなると地上や低空飛行している物体の確認が難しくなる。おまけに今夜は風まで強い。

「難しいな～、夜間哨戒って」

ハインリーケの姿を1時方向に捉えながら、那佳は疲れてきた目頭をマッサージして呟く。

一方、輝く魔導針を宝冠のように展開して先行するハインリーケの方は――。

「愛想がない？　勝手に振る舞う？　ヴィスコンティ大尉め。黒田中尉への諄いほどの助言、あれは絶～っ対に、わらわへの嫌みじゃな」

と、まだ出発間際のやり取りに文句を付けていた。

「違いますよ、親切なアドバイスですったら。ちゃんと大尉の言うこと聞くようにって言ってたでしょ？」

「あやつが親切なら、わらわは真夜中に日焼けしてみせるわ」

「また～、すぐにそういうことを」

着任当初、ハインリーケとアドリアーナが顔を合わせる度に那佳も結構緊張したものだが、今ではもう慣れっこになった。

角を突き合わせるのは二人なりの会話であって、つかみ合いになることはないと悟ったのだ。

——今までのところは、の話だが。

「異状は？」

ハインリーケが少し速度を落として那佳と並んだ。

「ないような……そうでもないような？」

目を凝らしながらも自信皆無の那佳は首を捻る。

「はっきりせんか」

ハインリーケが睨んだ。

もしハインリーケが教官で、これが試験なら那佳は一発で不合格だ。

「だって、なんにも見えっこありませんよ。まわり、ほとんど真っ暗だし」

鼻をつままれても分からない、とはまさにこのことである。

そばをハインリーケが飛んでいるから、まだ安心できるが、ひとりだったら森に突っ込んでいるかも知れないところだ。

「下は森、月は新月。当然じゃの」

ハインリーケは、那佳が見惚れてしまうほど整った鼻を鳴らしてから、やや表情を弛める。

「まあ、わらわの魔導針にも反応はない。となると、現在のところはごく平和な――」

ハインリーケがそう言いかけたまさにその時。

「!!」

那佳の視界の端で、何かが動いた。

10時方向、距離は目算でおよそ100メートル。

高度は那佳たちの位置よりやや下方。

ネウロイだとすれば、かなり小型に分類される奴だ。

「大尉！」

那佳はそちらの方向に体を向け、MG42を構える。

するとまた何かが、今度は那佳の正面で動くのが見えた。

（いた！　確かに！）

那佳の顔に緊張が走る。

しかし。

「落ち着かぬか」

ハインリーケがため息とともに那佳の腕をつかみ、銃口を下ろさせた。

「よく見るのじゃ」

「ええっと」

那佳は目を凝らす。

黒い影が、ネウロイにしてはやけにゆっくりした速度でこちらにやってくると、那佳たちの足の下を通り、ホウッと鳴いて、後方に去っていった。

「ホウッて鳴く超小型ネウロイ？」

な訳がない。

上空から獲物の小動物を物色する、夜行性の猛禽類である。

「フクロウじゃ、たわけ」

ハインリーケは怒る気も失せたようだ。

「ネウロイであったならば、そなたの目に映る5分も前にわらわの魔導針が捉えておるわ」

「ごもっとも……って、それじゃ、私が必死で怪しい物を見つけようと努力している意味って？」

「ない」

ハインリーケは断言した。

「……もしかして私、役立たずですか？」

「別の表現をすれば足手まといじゃ」

「そこまで言うこと……」

那佳はガックリと肩を落とす。

「この度の任務、隊長が要らぬ気を使ったのじゃろう？　分かっておるわ」

ハインリーケは慰めるように続ける。

「じゃがな。わらわにそうした配慮は不要ぞ。わらわは戦闘隊長の役目を重荷に感じてはおらぬ。たまに……いや、しばしばヴィスコンティ大尉とは意見の対立を見ることもあるが、あやつの実力はわらわも認めるところよ。そなたも一見、おちゃらけたうっかり屋の金の亡者に見えるが、実はなかなかどうして――」

ハインリーケはそう言葉をかけながら、那佳を見る。

「ふぁい？」

那佳はロザリー特製のガレットを頬張っていた。

夜食用にと、貰ってきたものだ。

「な、なんじゃそれは⁉」

「お夜食ですよ。腹が減っては戦ができぬ」

那佳は頬張ったまま答える。

「真面目にやらぬかあああっ！」

失せていたはずの怒りが爆発した。

「そなたが来てからというもの、弛んだ空気がヴィスコンティにアイザック、整備班にまで影響を――」

ハインリーケの機銃掃射のような小言が始まった、次の瞬間。

頭上の魔導針が光を放った。

「ネウロイ⁉　２時方向、距離３５００！　近いぞ！」

今度こそ、本物のネウロイである。

那佳とハインリーケは速度を上げた。

「見つけた！　あれ、あれですよね！」

数十秒後、前方に紡錘形の飛行物体が見えてきた。

小型。

それも単機である。

あまり見ない型、というか、那佳は初めて目にするタイプだ。

「本部に連絡（れんらく）！」

インカムに手をやる那佳。

「無用！　たかが一機、事後報告でよい！　仕留めるぞ！」

ハインリーケはネウロイに接近しながら、本来爆撃（ばくげき）機の銃座（じゅうざ）用のMG151／20を構える。

それまでの会話で、いささか頭に血が上っていたのだろう。

慎重（しんちょう）さに欠けるどころか、軍紀違反（いはん）ギリギリの行動である。

「わ、ちょっと！」

那佳は慌（あわ）てて後を追う。

「ヴィスコンティ大尉が発見したらすぐ報告するようにって！」

「楽勝じゃ！」

引き金を絞（しぼ）るハインリーケ。

放たれた曳光弾（えいこうだん）が白い軌跡（きせき）を描（えが）く。

だが。

ネウロイは速度を急速に上げてこれをかわした。

二人の眼前からその姿が消える。

那佳がキョロキョロとあたりを見渡した。

「どこに行きました？」

「高度を落としたようだ。視認できぬ」

ハインリーケは魔導針で位置を探ろうとする。

だが、その時間は与えられなかった。

真っ暗な海原を思わせる下方の森からビームが発せられ、那佳の体のすぐそばをかすめたのだ。

二人は反撃したが、またもネウロイは素早く姿を隠す。

「ああもう、当たんない！」

「ええい、認めとうはないが、こちらもじゃ！」

「さっき、人のことを役立たずなんて言うから、罰が当たったんですよ！」

「役立たずと言ったのは自分であろう！　わらわは足手まといと言ったのじゃ！」

「細かいことを！　大尉って、絶〜っ対、1ペニー硬貨とか瓶に貯め込んでるタイプだ！」

「それはそなたであろうが！　このシャイロック！」

「やっぱ、本部に連絡しますよ！」

那佳は耳のインカムに手をやった。

「むう」

ハインリーケは不服そうだったが、渋々頷く。

しかし。

「大尉～」

インカムをいじっていた那佳が情けない声で訴えた。

「私のインカム、壊れているみたいです。……戦闘外だからって、修理費自腹とか言わないですよね、この隊？」

「あれほど準備を怠るなと――」

顔をしかめたハインリーケは自分のインカムで連絡を取ろうとする。

だが、聞こえてくるのは雑音だけだ。

「壊れたのではない」

いくつか別の周波数を試した後、ハインリーケは那佳に告げた。

「通信妨害じゃ」

「ネウロイが!?」

「こちらを孤立させ、しとめる気なのやも知れぬ」

「そんな余裕の発言している場合――」

と、言いかけた那佳に向けてまたビームが襲いかかる。

「どこから来た⁉」

低高度を高速で移動しているのだろう。

ハインリーケの魔導針でもなかなか位置を割り出せない。

「分かりませんよ！　私、ナイト・ウィッチじゃないんだし！」

銃口をどこに向けていいのかも分からず、那佳は全くのお手上げ状態だ。

「……わらわが囮になる。中尉、そなたはビームの光をよく見てネウロイの位置を突き止めよ」

ハインリーケはそう告げると、高度を下げようとする。

「待って待って！　囮になるなら私が！」

那佳がハインリーケの腕をつかんだ。

「昼間ならともかく、この暗闇でそなたにネウロイのビームを避けられるか？」

「けど！」

「却下じゃ」

ハインリーケは那佳の手を振り解く。

だが、その時。

「大尉、あっちあっち！」

那佳が十時方向を指さして大きな声を上げた。

ネウロイかと思い、銃を向けるハインリーケ。

だが。

そこにあったのは、低速で飛ぶ民間機の姿だった。

ウィボー283。

ガリア製の三発機である。

「こんな時に民間機じゃと⁉　フライトプランの提出はあったのか⁉」

「知りませんって！」

「とにかく、こっちにネウロイを引きつけないと！」

『民間機、聞こえるか⁉　こちら506JFWウィトゲンシュタイン大尉！　ネウロイが接近しておる！　至急回避されたし！』

民間用の周波数帯で通信するハインリーケ。

『りょ、了解！　そちらの幸運を祈る』

距離が近いこともあって、かなりの雑音混じりだが民間機は応答してきた。

民間機は慌てて方向を変え、那佳たちの位置から離れてゆく。

「離脱したか？」

「みたいです」

那佳たちは民間機を見送り、ほっと息をつく。

だが、次の瞬間。

ネウロイが、那佳たちの後ろに姿を現した。

「大尉！」

「このタイミングで!?」

体を捻るようにして振り返り、散開する二人。

那佳がトリガーを引いて牽制するように銃弾を浴びせると、ネウロイはまるでウニのような姿に変わった。

無数の針で覆われたその機体から、３６０度、全方向に向かって深紅の輝きを帯びた針が放たれた。

「あわわ！」

何とか咄嗟に躱すことに成功する那佳。

だが、那佳よりもネウロイに近い位置にいたハインリーケには躱す時間の余裕はなかった。ネウロイが放った針の数本がストライカーユニットに命中すると、ユニットの外装の一部が剝げて、欠片がハインリーケの肩に突き立った。

「！」

ハインリーケは体勢を崩し、半回転して急激に高度を落とす。

「大尉！」

那佳はハインリーケに急接近し、腕をつかんだ。

那佳はそのまま何とかネウロイとの間に距離を取ろうと速度を上げた。

だが、ネウロイは追走し容赦なくビームを浴びせる。

ビームが頭のすぐ上をかすめ、髪が焦げる臭いがした。

「怪我は⁉」

声をかける那佳。

「あ、ああ。大した傷ではない」

ハインリーケは頷き返す。

幸い、破片は尖った部分が数センチ食い込んだだけ。那佳は破片を手でつかみ、引き抜いて投げ捨てる。

「一旦離れます！」

那佳はハインリーケの脇に腕を差し入れた。

「何を言う!? まだ戦える！ 相手は小型が一機ではないか！」

もがくハインリーケ。

「怪我してるんですよ！ とにかく、振り切って手当です！」

ビームと針を交互に放ち、追跡してくるネウロイ。那佳はジグザグ飛行で攻撃を躱しながら高度を下げた。

「森に突っ込みますよ〜っ！」

「わっ、待て！」

待てと言われて待っていたら、確実にネウロイの標的である。

とにかく身を隠すこと。リスクは承知の上で、那佳はネウロイをまくため木々の間に飛び込んでいった。密生する楢や樅の大木の枝が、那佳の体のあちこちにぶつかり、音を立ててへし折れる。

「今の衝撃の方がネウロイの攻撃よりダメージが大き——」

森へと降りた那佳は着地し、抗議の言葉を浴びせようとするハインリーケの口を押さえ、近くの木の幹にぴったりと寄り添って息を潜めた。

見上げると、ネウロイは二人の真上を通過し、そのまま速度を落として南西に向かってゆく。

数分して、ハインリーケが顔を歪めた。

「……まずいのう」

「どうしたんです？」

ガツン！

「な、何を⁉」

一瞬、ハインリーケは何が起きたのか分からない。

新月の夜の森の中である。振り返ってハインリーケの方を見ようとした那佳の額が、盛大な音を立ててハインリーケの額にぶつかったのだ。

「そ、そなたという奴は～！」

ハインリーケは涙目だ。

「そ、それでどうしたんですか？」

こちらも涙目。那佳は誤魔化すように訊ねる。

「魔導針が使えぬのじゃ」

闇の中で拗ねた声が答えた。

「え、どうして⁉」

と、さらに訊ねかけた那佳は途中で気がつく。

「もしかして、さっきの針みたいなの？」

針状だったものは潰れて円状になり、ストライカーユニットに張りついていた。

「おそらく。わらわの魔導針とストライカーユニットの働きを阻害するチャフの類のようだが、柔らかい金属でできているようでストライカーユニットから剝がすことが出来ぬ」

痛みを堪えながら、ハインリーケは嘯く。

「対ナイト・ウィッチ、通信妨害に特化したネウロイということか？　面白い」

「……肩見せて」

緊急用にと持ってきていた小型の懐中電灯をつけた那佳は、ハインリーケの襟のボタンを外し、鎖骨から胸元にかけてを露わにすると、傷に唇を押し当てた。

「な、な、な、な、な、何をしておる⁉」

「ばい菌が入ると困るから」

「よい！　自分で何とかする！」

ハインリーケは真っ赤になって那佳の頭を押し返そうとする。

「もう、自分じゃ口、届かないでしょ？　ろくろっ首じゃないんだから」

「ろくろっ首？　また訳の分からぬ扶桑ローカルな固有名詞を出すでない！」

「とにかく静かにして」

「う、うむ」

那佳は血を吸い出し、地面に吐き捨てた。

「こ、こんな感じでいいのかな？」

何度か同じことを繰り返した後で、那佳はハインリーケの顔に懐中電灯を向ける。

「まだ魔導針は使えません？」

「さっきよりも感度が落ちておる。さらに悪いことにストライカーユニットも動かせぬ。魔法力が落ちておるようだ」

ハインリーケはポケットナイフでネウロイが放った金属を剝がそうとしたが、うまくいかずに首を横に振った。

「わらわをここに置いてそなたは基地に戻れ」

「嫌ですよ」

那佳は立ち上がりハインリーケの腕の下に手を回した。

「私、戦友は絶対に見捨てないんです。……そう決めたから」

「わらわはこの場ではそなたの上官じゃ。戦友などと言うな」

ハインリーケはもがくが、那佳は飛び上がった。

が。

ゴツン！

大振りな楡の枝に頭をぶつけ、そのまま真下に落ちた。

「う～、馬鹿になる～」

頭を抱えて座り込む那佳。

「とうになっておるわ！　何をやっておる！」

「何かに頭ぶつけちゃって――」

「鳥目か、お主は！」

ハインリーケは那佳の肩をつかんでガクガクと揺さぶる。

「ビタミンAをとれ、ビタミンAを！　扶桑皇国海軍の坂本少佐は、５０１時代に隊員に肝油を飲ませたと聞くぞ！」

豪快この上ない坂本美緒少佐の夜襲対策は、もはや伝説と化したエピソードである。

「でも、ビタミンAだって摂り過ぎは良くないんだよ。シロクマの肝臓食べ過ぎると食中毒を起こすって」

「シロクマの肝臓を常食にする気か!?」

「……シロクマって美味しい？」

「知るか！　さっきの懐中電灯は⁉」

ハインリーケは寄越せというように手を差し出す。

「……落としちゃった」

「ったく！」

ハインリーケは腕組みをして隣に座り込んだ。

「これでは二人とも動くに動けぬわ」


その頃。

セダンでは二人からの連絡が途絶えたことで騒ぎになり始めていた。

「ネウロイらしい影がレーダー上に現れ、そちらにお二人が移動したところまでは捉えているんですが……」

レーダー要員がロザリーに状況を説明した。

「全く位置はつかめていないのね？」

と、眉をひそめるロザリー。

「残念ですが」

ロザリーも、先ほどから声が嗄れそうになるほどインカムに呼びかけているが、返答はない。

「見失った位置はどのあたり？」

「実は――」

レーダー要員はついさっき、公式ではない伝を使って手に入れた情報を、声を潜めて告げる。

「非公式にある空域を飛行していたガリア政府機が、ウィトゲンシュタイン大尉からネウロイ接近中との警告を受けたと」

民間機に見せかけたガリア政府機は、ロンドンに向かう特使を乗せていた。

秘密裏な会議への参加が目的だったため、フライトプランが提出されてセダンの基地に連絡が届いたのは、那佳たちが哨戒任務に出発した後のことだったのだ。

「二人がネウロイと接触したのは確かなようね」

ロザリーはアドリアーナとイザベラをすぐさま起こすことにした。

「どうです？」

地上数メートルの超低空をハインリーケのナビで飛びながら那佳は訊ねていた。

「おかげでだいぶ楽にはなったが――」

那佳に抱き抱えられたハインリーケは魔導針を試してみるが、頭上に発生した光の冠はぼんやりしたもので、ネウロイの位置もおよその方角が何とか分かるだけだ。

「回復にはしばらくかかりそうじゃ」

「じゃ、またここで休みましょう」

那佳はゆっくり気をつけながらハインリーケを草の上に下ろした。

「……これ、食べます？」

隣に座った那佳はガレットを入れてあった紙袋を取り出す。

六枚持ってきたのだが、さっき一枚食べたのでガレットは五枚。那佳は迷った挙げ句、その五枚のうちの二枚をハインリーケに差し出す。

「要らぬ。というか、そもそもそなたのその顔！　そんな断腸の思いを顔いっぱいに表されて食せると思うか⁉」

那佳の顔を見つめた後で、ハインリーケは首を横に振った。

「え～、私、そんなに意地汚くないですよ」

どうやら那佳は、相当嫌そうな顔をしていたようだ。

「……そういう台詞は涎を拭いてから吐け」

「大尉はおやつ持ってきてないんですか？」

那佳は唇を尖らす。

「おらん」

「あ、おやつでなくってお夜食――」

「おらぬ」

どうも会話が一方的になっているようだ。

「退屈ですね」

また少しして、那佳は言った。

「そうでもない」

ハインリーケの口調は素っ気ない。

「暇だし、好きな物を言い合いっこしましょうよ」

「嫌じゃ」

「じゃあ、私から！　まずは歴史上の人物からで、私は静御前！」

「じゃから、嫌じゃと言っておろうが！　わらわの話を――」

「早く早く！　答えて答えて！」

「……こ、こやつにはついてゆけぬ」

ハインリーケは本気でそう思い始めていた。

「正式発足もまだなのに、隊員二名が行方不明」

アドリアーナとイザベルを前にしたロザリーの顔には、不安の色が濃かった。

「もし二人に何かあったら……」

ロザリーは状況を二人に説明した後で唇を噛んだ。

「一応、釘を刺しておきます」

腕組みをし、机の端に腰掛けていたアドリアーナが言う。

「辞表だけは勘弁して欲しい」

ロザリーはこの言葉に頭を横に振る。

「もう限界よ。私、隊長の器じゃないのよ」

「ロザリー・ド・エムリコート・ド・グリュンネ少佐」

アドリアーナは踵を合わせて姿勢を正した。

「私はこの性格だからあちこちで衝突し、軍律に違反し、愚かな上官の命令を無視してきた。ここに送られたのは、厄介払いの意味合いもあったと思う。私も最初、このセダンに配属になった時は、どうせまたすぐに別の土地に飛ばされると思っていた。でも、今はここを自分の居場所だと思っている。そう思わせたのは少佐、あなたがいたからだ。部下と一緒になって悩んでくれるあなたが。お願いだ」

アドリアーナは真っ直ぐにロザリーを見つめる。

「私の居場所を奪わないでくれ」

５０６の一員となってから、アドリアーナに目立った軍律違反はない。これは彼女の軍歴からすれば考えられない事態だった。

「僕だって、ここが気に入っているんです。それに――」

イザベルも頷く。

「あの二人なら大丈夫。ああ見えて黒田さん、やる時にはやるかも知れない人だし」

「ああ、不思議な奴だ」

今度はアドリアーナが同意して破顔した。


その頃。

当の二人は暢気に――という訳でもないのだが――映画談義に花を咲かせていた。

「へ～、意外。大尉はもっと訳分かんない芸術映画が好きかと思った」

ハインリーケがバスター・キートンのコメディ映画をよく見ると聞いて、那佳の目は丸くなった。

「本来娯楽である映画で頭を疲労させるのは愚の骨頂。気軽なのが一番であろう？」

肩をすくめたハインリーケは逆に訊ねる。

「そなたはどのような映画を見るのじゃ？」

「チャンバラ！」

何の迷いもない答えが返ってきた。

「また、扶桑独特のジャンルのようじゃの？　どのような映画じゃ？」

チャンバラという言葉は初耳のハインリーケが眉をひそめる。

「ええっと、簡単に言うと、いい者と悪者が刀を振り回して戦う奴かな？」

「扶桑版騎士物語か？」

と、ハインリーケ。

「うん。騎士じゃなくて、武士だけど」

那佳は頷いた。

「武士というのも、名誉を重んじるのか？」

「騎士道と武士道って結構似てるんじゃないかな？　映画の中の話だけど」

「そなたも華族と呼ばれるからには武士道に従って生きておるのではないのか？」

「だから、私は分家の端っこ。そんなんと縁のないところで育ったんですってば」

「どうもそなたは分からぬ」

ハインリーケは枝の間からのぞく星の見えない空を見上げた。

「どこがです？」

「そなたはさっき、わらわを置いてゆくべきところで見捨てなかった。そうした高貴な振る舞いを見せながら、自分は貴族、いや華族というのだったな、その器ではないと言う」

「戦友を助けるのって、そんなに不思議なことですか？」

「冷静に判断すれば、基地に報告に戻るべきじゃ。あのネウロイが人類に害を及ぼす前に撃墜するためにも」

「あれは大尉の考えじゃ、対ナイト・ウィッチ型のネウロイなんでしょ？　私たちを仕留めるまで、どこにもいきませんよ」

「ああ、やっかいなことにな」

ハインリーケは空を見つめたまま、那佳に手を差し出した。

「なんです？」

「ガレット」

「やっぱり、欲しくなったんだ」

那佳はガレットを一枚、ハインリーケの手の上に置いた。

「……さっきは二枚寄越す気でおったじゃろ？」

ハインリーケは催促する。欲しい訳ではないが、ちょっと意地悪したい気分になったのだ。

「うう」

那佳は涙を呑んでもう一枚のガレットを袋から出した。


同時刻、サントロン基地。

「みんな、緊急事態よ。セダンの506のウィッチが哨戒任務中に消息を絶ったわ」

セダンから連絡を受けたミーナ・ディートリンデ・ヴィルケ中佐が、ゲルトルート・バルクホルン大尉やエーリカ・ハルトマン中尉、それにハイデマリー・W・シュナウファー少佐を前に告げていた。

「506って、もう創設されたんだっけ？」

枕を抱え、目を擦りながら聞いたのはハルトマンだ。

「いや、メンバーは揃っているが、正式なお披露目はまだのはずだ」

漫才の相方、ではなく相棒役のバルクホルンが説明する。

「その通りよ」

と、頷くミーナは先ほど書き取ったメモを確認する。

「行方不明者は、ウィトゲンシュタイン大尉と黒田中尉。レーダーから消えたポイントは、うちが一番近いわ」

「ウィトゲンシュタインって、あのお姫様か？」

　バルクホルンは眉をひそめる。

「うわ、面倒臭そ〜」

　ハルトマンも頭の後ろで手を組んだ。正当な名声か悪名かはともかく、プリンツェシンことウィトゲンシュタインの名を知らぬ軍人は、少なくともカールスラントにはいない。

「悪い人ではありませんよ。誤解はされやすいですけど……その、もの凄く」

　そう庇ったのはハイデマリー。かつてハインリーケとは同じ夜間戦闘航空団に所属していた仲である。

「それで、こちらからも非公式に捜索隊を出そうと思うんだけど」

　ミーナはロザリーの立場を考え、大げさにしないことにしたのだ。

「やっぱ、ここはハイデマリーにお任せがいいんじゃないの」

　と、提案したのはハルトマンだ。

「そうですね、私はナイト・ウィッチですし、大尉のことをよく知ってますから」

　我が意を得たり、という顔で頷くハイデマリー。

「だってさ」

ハルトマンはニ～ッと笑って、爆撃機か大型輸送機を思わせるハイデマリーの双丘を指さした。

「増槽を常に装備しているから、長時間の捜索もＯＫ」

「こ、これは増槽じゃありません！」

ハイデマリーは真っ赤になり、両手で爆乳を隠した。


「重くはないか？」

抱えられて飛ぶハインリーケは那佳を気遣うように訊ねていた。

「……ほんとのこと言ったら、怒るでしょ？」

背中には自分のＭＧ42とハインリーケのＭＧ151／20。手も痺れてきてはいるが、今、弱音を吐いて休憩を取れば、今度は二度と飛び立てそうになかった。

「今ので怒るわ！」

那佳が答えないのでハインリーケはへそを曲げる。

「し、静かに」

ネウロイはまだ遠くへは行っていない。

那佳たちを捜しているようだ。

「まだ、飛べませんよね？」

声を潜めて那佳は訊ねる。

「飛べて数分」

小さな女の子に抱っこされた、熊のヌイグルミのような姿勢で答えるハインリーケ。

「それも、這うような速度でならばな。……ひとつ、提案がある。分の良くない賭じゃが」

ハインリーケは那佳の耳にささやく。

「そなた、賭は強い方か？」

「まったくです」

幼年学校時代、ババを引くことに関しては天才と言われた那佳は、大いなる自信を持って首を横に振った。


10分後。

ハインリーケの姿がゆっくりと夜空に舞い上がった。数百メートル離れた地点でナイト・ウィッチを捜していたネウロイは、これに反応してまっすぐに接近する。

まさにビームと針が発射されようとしたその瞬間。

（今！）

ハインリーケはストライカーユニットから離脱した。魔法力も絶ったその体は、真っ逆さまに森へと落ちてゆく。

ネウロイはハインリーケの姿を見失った。

そして。

「とととっ！」

木々の間に隠れていた那佳が、仰向けの姿勢でハインリーケを受け止めた。

「ナイスキャッチじゃ！」

「はいっ！」

ハインリーケは馬乗りになったまま、那佳から手渡されたMG151／20のトリガーを引く。と同時に、那佳のMG42も火を噴いた。

轟音に周囲の鳥たちが飛び立ち、空を覆う。ネウロイの外装が鉛の弾丸を浴びて次第に剝がれ、光の破片となって飛び散ってコアが露わになった。

「やったか!?」

全弾を撃ち尽くしたハインリーケが、那佳の腕の中から身を乗り出すようにして確認する。

が。

あと一歩。弾丸はわずかにコアには届いてはいなかった。

コアは、鼓動を思わせる禍々しく脈打つ輝きを失っていない。

表面を削っただけだったのだ。

「これまでか」

ネウロイが再生しつつ回転の衰えた独楽のような動きでこちらを向くのを見て、ハインリーケは覚悟を決める。那佳は半回転して、ハインリーケを庇うように体の位置を入れ替えた。

「中尉、そなた？」

肩越しに那佳を見上げるハインリーケ。

「お給料分だけ、働けばいいと思ったんだけどね」

那佳は照れ臭そうに笑いかける。

「なんでか、こういう時って体が動いちゃって」

「守銭奴失格じゃな」

ハインリーケは体を捻り、那佳の方に向き直った。

二人は額をお互いに近づけ、くっつけると目を閉じる。

そして——。

ドウッ！

爆音が周囲に轟き、木々が揺れた。

コアを貫かれたネウロイは吹き飛び、光の粒となって消えた。

「あれは？」

目を開けたハインリーケが那佳の肩越しに、こちらに近づいてくるシルエットに気がつく。

それは——。

「御無事ですか？」

ハインリーケと同じＭＧ１５１を構え、肩で大きく息をするハイデマリーの姿だった。

少しして。

「セダンまで送らなくて本当にいいんですか？」

ハイデマリーは、ハインリーケをおんぶした那佳に訊ねていた。

「いや、大丈夫だ。本当に助かった」

ハインリーケが微笑んで、那佳の肩をひとつ叩く。

「帰りはこっちの戦友だけで何とかなる。そなたにあまり迷惑をかける訳にはゆかぬからな」

「迷惑だなんて。いつでも駆けつけますから」

と、ハイデマリー。

「知っておる」

「……少佐って、もしかして大尉のお友だち？」

那佳は信じられないといった顔でハイデマリーとハインリーケを交互に見た。

「あ、その……大尉にはご懇意にさせていただいてます」

ちょっと恥ずかしそうなハイデマリー。

「わらわに友がいてはおかしいか？」

ハインリーケは眉をひそめる。

「うん」

那佳が素直に答えると、ハインリーケの両手は那佳の首に回った。

「ありがとうね、シュナウファー少佐！」

那佳は握手をしようと手を伸ばし、危うく背中のハインリーケを落としそうになった。

「い、いいえ！」

内気なハイデマリーは感謝されて真っ赤になる。

「この礼は改めて、じゃな」

ハインリーケは那佳に支えられたまま、敬礼する。

「はい！」

ハイデマリーも敬礼を返し、二人を見送った。


「ほらほら、大尉！　夜明けですよ！」

那佳が指さした東の空が、明るくなり始めていた。

「長い任務じゃったな」

ハインリーケの唇から、小さなため息が漏れる。

誰かの前でため息をついたのは、少なくとも入隊以来初めてだ。だが、今のハインリーケにとって、那佳は弱気を見せてもよい数少ない仲間となりつつあった。

「さあ、急ぐぞ」

「飛ぶのは私なんだけど」

「ならばメッサーを寄越すがよい。それは元々わらわの予備機じゃ」

「渡したら、おんぶして飛んでくれます？」

「いや、ここで投げ捨てていく。そもそも、わらわひとりならばこんな醜態をさらすこともなかったのじゃ」

ハインリーケはつんと顔を逸らした。

「そんな～」

笑い声が夜明けの空に響きわたる。

やがて——。

二人を迎えに出たイザベルやアドリアーナの姿が前方に見えてきた。

「大丈夫？」

先に近づいてきて那佳に声をかけたのは、イザベラである。

「うん」

那佳が頷く。

「心配したぞ」

と、アドリアーナも那佳を労う。

「そなたら、わらわのことは案じぬのか？　何ゆえ黒田中尉のことばかり」

少し拗ねたような表情がハインリーケの顔に浮かぶ。

「なんだ、その姿は？」

からかうように笑うアドリアーナ。

「日頃から大口を叩いている割には情けないな」

「こ、これは！」

自分がおんぶされていることを思い出したハインリーケは赤面し、背中の上でもがいた。

「黒田中尉が過保護なだけじゃ！　わらわは飛べるというのに放さぬから、ほとほと困っていたところなのじゃ！　これ、放さぬか、黒田中尉！」

「飛べっこありませんよ！　大尉のストライカーユニット、完全に――」

那佳は振り返り、ハインリーケの鼻先に人差し指を突きつけて注意しようとする。

だが。

「あ」

「ええっと」

振り返って、鼻に指を突きつけることが出来た。

ということは、那佳はハインリーケから手を放したということである。

当然。

重力には逆らえず、ハインリーケの体は真っ逆さまに落下した。

「黒田中尉、覚えておれえええええええええええええええっ！」

幸運なことに、下には湖があった。

きれいな水柱が、湖面に上がった。

「大尉、泳げるといいけど」

肩をすくめたイザベラが、那佳を見て言った。


その日の昼下がり。

「ついさっき連絡が来たわ」

那佳たちに代わって報告書をまとめたアドリアーナに、ロザリーは憂い顔で告げていた。

「四日ほど前、同タイプの対ナイト・ウィッチ型ネウロイがオラーシャにも現れていたそうよ」

「やれやれ、四日前とはね」

アドリアーナは肩をすくめる。

「新設部隊だから、情報の共有も後回しだった、と考えるのは僻みかしら？」

ロザリーはキャビネットに報告書を収めると、組んだ両手の上に顎を置いた。

「オラーシャの方は、たまたま居合わせたサーニャ・V・リトヴャク中尉とエイラ・I・ユーティライネン中尉の活躍で事なきを得たみたいだけど」

「リトヴャク中尉とユーティライネン中尉。二人の連係はもはや伝説ですからね」

と、アドリアーナ。

「うちの二人も、よくやったと思うわ」

ロザリーにとって今回の一番の収穫は、やはりハインリーケと那佳の相性がいいことを確認できたことだ。

「黒田中尉は爆睡中です。その他一名は医務室で怒鳴り散らしていますが、命に別状はありません」

ウィトゲンシュタイン大尉の名誉の負傷は、全治一週間。ネウロイに負わされた傷よりも、湖への落下のダメージの方が重かったようだ、という医師の報告があったばかりである。

アドリアーナは吹き出しそうになるのを堪え、真面目な顔を取り繕った。

「でしょうね」

ロザリーも笑いそうになる。

「あなたも少し休んだら？」

「ええ。でもその前に――」

アドリアーナは茶目っ気たっぷりにウインクした。

「私にも頂けませんか？　隊長の焼いたガレットを少し？」

隊長を拝命した当初は、全くの暗中模索の状態でした。でも、最後のひとり、黒田中尉がやってきて、メンバー全員の顔を見渡した時、不安は成功の確信へと変わったのです。

ロザリー・エムリコート・ド・グリュンネ

（模擬戦前日の「デイリー・テレグラフ」紙電話インタビューより）

楽しい模擬戦

「な、なんで〜っ？」

ハインリーケが簡易休憩（きゅうけい）室に顔を出した時、那佳（くにか）はカードを持った手を震（ふる）わせて絶句していた。

「あり得ない！　フルハウスで負けるなんて！」

2のペアと6のスリーカード。那佳は自分の手札に絶対の自信を持っていたのだが——。

「悪い」

イザベルがテーブルに広げたのは、スペードのロイヤルストレートフラッシュだった。

イザベルはチップをかき集め、カードをシャッフルする。

「ギャンブルか？」

那佳とイザベルを交互（こうご）に見て、ハインリーケは眉（まゆ）をひそめた。

「お金は賭（か）けてませんよ。賭けてるのは、夕食のデザート。うう、今夜のデザート、イートン・メスじゃありませんように～」

とは、かなり負けが込んでいるらしい那佳。ちなみに、イートン・メスはメレンゲとイチゴ、生クリームを使ったブリタニアのパブリック・スクール発祥のデザート。セダンに来てからの那佳のお気に入りである。この基地には、ブリタニアのイートン校の寮でコックをしていた前歴の炊事兵がいるのだ。

「黒田さん、もう僕、半年分は勝ってるんだけど。そろそろやめた方が――」

イザベルは哀れみの視線を投げかける。イザベル本人としても、いくら太りにくい体質とはいえ、これ以上勝ち続けるとダイエットが必須になりかねない。

「やめない！　負けた分取り返すまで！」

那佳はガタガタと椅子を揺らした。

「これが最後だよ」

イザベルはよくシャッフルしたカードをテーブルの上で滑らせる。イザベルもハインリーケやアドリアーナと比べると、カードゲームは強い方ではないのだが、手際はいい。

「……こやつ、賭事で破滅するタイプじゃの」

嘆息するハインリーケ。

と、そこに。

スピーカーのサイレンが鳴り響いた。

「ネウロイのお出ましか」

ソファーで雑誌に目を通していたアドリアーナが、ジャケットを羽織る。

「うう……」

未練たらたらの表情で手札を伏せる那佳。チラリと見た手札は、黒の8とAのツーペア。西部の名高いガンマン、ワイルド・ビル・ヒコックがマッコールという卑怯者に後ろから撃たれた時にその手に握られていたという、いわゆる『死者の手』である。

「帰ったら、続きやるからね、アイザックくん」

「ほんとに次が最後だよ」

念押ししたイザベルの手は、Jのフォーカード。那佳はどこまでもついていない。

「姫様はどうする？　まだ休んでいても――」

アドリアーナはドアノブに手をかけたところでハインリーケを振り返る。

「是非もない」

頷いたハインリーケの金髪がふわりと舞った。

ブリーフィング・ルームに姿を現したロザリーは、那佳たちを前にこれまでに入った情報を説明した。敵ネウロイは単機。中型で、北東から時速約800キロで一直線にパリを目指しているらしい。

「つまり、一昨日と同じパターンね」

ロザリーは一同を見渡した。

実はこの一週間で四回、同じような来襲を506JFW、それもA部隊の担当区域は受けていたのだ。

「芸がないっていうか……あっても困るけど」

イザベルが肩をすくめる。

「このまま進んでくると、遭遇ポイントはB部隊の担当地区とのちょうど境目上ですね」

「ええ、だから――」

協力して撃退してちょうだい。ロザリーはそう言おうとしたのだが――。

「早い者勝ちじゃ！」

ハインリーケが真っ先にブリーフィング・ルームを飛び出した。

「帰ったらポーカーの続き～っ！」

その後に続く那佳。

「もうデザート要らないのに」

三番手はイザベル。

「ええっと?」

アドリアーナはロザリーを振り返ったが、うつむいたロザリーが促すように手のひらを振るので、肩をすくめてブリーフィング・ルームを後にした。

「整備は?」

夜間哨戒から戻ってまだ数時間のハインリーケは、忙しく動き回る整備員たちに声をかける。

「バッチリです!　いけます!」

自分の仕事に誇りを持つ班長が、自信満々の顔で頷く。

エンジンがまだ熱いうちに総てのチェックを終えるのが、この無骨な技術者の信念なのだ。

「問うまでもなかったか」

ハンガーのストライカーユニットに飛び乗ったハインリーケは、哨戒任務明けの疲労の色を全く見せることなく大空に舞い上がった。

「黒田、いっきま~す!」

那佳のBf109K－4も、快調なエンジン音を立てて滑空を始めた。

もちろん、アドリアーナとイザベルも青い空に白い軌跡を描く。

「……ネウロイよりも、Ｂ部隊と揉めないかどうかを心配しているなんて。私もどうかしているわ」

窓から飛び立つ四人を見送ったロザリーは、不安を搔き消そうとするかのように頭を振った。指先が机の上のファイルに当たり、分厚いファイルが落ちる。挟んであった書類がそこら中に舞った。


「いた！　これから戦闘に入ります！」

離陸して十数分後。那佳の目は、敵ネウロイの姿を捉えていた。

ネウロイは11時方向を、ほぼ南西に移動中だ。

報告では中型だったが、実際は通常の中型ネウロイと比較するとやや大きいようである。

「フォーメーション、どうします？」

それなりの攻撃力があると踏んだ那佳はハインリーケの方を見る。

「ヴィスコンティ大尉とバーガンデール少尉は右翼後方に回り込め！　黒田中尉はわらわに続け！」

ハインリーケはネウロイに接近しながら、ＭＧ１５１／20を構えた。

那佳はそのハインリーケを援護する位置につく。

『待って！　さっきも言おうとしたけど、B部隊も出撃中なの、だから――』

基地のロザリーはインカムを通し、近くにいるはずのB部隊と連係をとるように伝えようとするが。

「中型ごとき、わらわが一撃で仕留め――」

ハインリーケが、照準をネウロイに合わせる。

次の瞬間。ネウロイの機体に直径30センチほどの穴が開き、光の粒となって消し飛んだ。

「――られませんでしたね」

イザベルが拍子抜けした表情で銃口を下ろした。

「あれって？」

那佳は、ネウロイがいた位置の遥か向こうに、数機のウィッチの姿を認めた。

「嘘!?　あの距離から？」

狙撃用のライフルでも射程ギリギリ、いや、それ以上の距離から命中させたように、那佳には見えた。

「ジーナ・プレディ中佐だな」

目を細めるアドリアーナ。

「ホークアイなら、あのくらいの距離、何でもないですよ」

イザベルも頷く。

「的が大きかったからの。三歩先の象の尻を狙うようなものじゃ」

ハインリーケの唇から発せられた言葉は、完全な負け惜しみである。

程なく、B部隊の面々が那佳たちに合流する。

「みなさ～ん！　どうも～！」

屈託のない笑顔で大きく手を振る那佳。

「よっ、黒田中尉！」

那佳を見て手を振り返したのは、快活さではB部隊一のカーラ・J・ルクシック中尉。

「元気そうですね、よかった」

優しそうに那佳に微笑んだのは、ジェニファー・J・デ・ブランク大尉。リベリオンの出身ながら、先祖はヒスパニアの貴族なのだから、Aに所属してもおかしくない人材である。

だが。

「後始末に来てくれたとは、大儀であるな、姫」

三人目のウィッチは使い魔クォーターホースの耳をピクピク動かしながら、ハインリーケを見てふふんと笑った。

「久しいのう、カール大尉」

ハインリーケもきつい視線を返す。マリアン・E・カール大尉は、クール・ビューティといった観のなかなか高貴な顔立ちをしているが、貴族の生まれではない。リベリオン海兵隊出身の叩き上げの猛者である。

「最初の挨拶から嫌みとはな」

アドリアーナがほんの少し、眉間にしわを作った。対峙するAB両隊の間に冷え冷えとした空気が漂っているのは、あながち、季節のせいでもカーラの固有魔法の冷却能力のせいでもないようだ。

「へ？　今のって、嫌みだったんですか？」

那佳は驚いてアドリアーナを振り返る。

「嫌み以外の何だというのじゃ!?」

声を荒らげるのはハインリーケだ。

「でもでも、嫌みっていうのは　脳味噌中世〜とか、時代錯誤の田舎貴族〜とか、甲冑でも着てこ〜いとか言うもんじゃないんですか？」

那佳に悪気はないのだが、これを聞いたハインリーケは卒倒しそうな表情になる。

「そなたがわらわに精神的打撃を与えてどうする!?」

「相変わらず面白いな、黒田は」

マリアンの瞳も、那佳に向けられると少しばかり和んだ。

「今のも嫌みであろう?」

と、ハインリーケ。

「いや、今のは違う。黒田はいい奴だからな、誰かさんと違って」

首を横に振るマリアン。さっきのが嫌みだったと認めたみたいなものである。

「なあ、いつでもBに来い。歓迎するぞ」

それでもA部隊のメンバーである那佳と馴れ合うのは少しばつが悪いのか、マリアンは視線をちょっと逸らしてから那佳に言った。

「此奴らと口をきくでない、黒田中尉!」

ハインリーケは那佳の首根っこをつかむと、B部隊の面々と旧交を温めようとする那佳を引き戻した。

「え、だって?」

「よいか」

ハインリーケはグッと顔を近づけた。

「奴らは敵と思え。人間の顔をしたネウロイじゃ」

「また、こっちも極端だよな」

と、呆れたように首を振るアドリアーナ。

「あやつらがこちらを目の敵にしておるのだ！」

ハインリーケは言い分を変えない。

と、そこに。

「それはないよ、大尉」

ゆっくりとこちらに近づいてきて、落ち着いた声で訂正したのはジーナ・プレディ中佐だった。

さっきのネウロイを撃墜した当人である。

「そちらも出撃しているとの連絡を受けたのは、ついさっきだった。無駄な骨折りをさせて済まなかったが、ネウロイはこちらの受け持ち空域にいた」

「そ〜だ、そ〜だ！」

と、調子に乗って舌を出すカーラ。

「はい。こちらの空域でしたよ。少なくとも、私たちが出撃した時点では」

ジェニファーも控えめに主張した。

「じゃあ、書類もそっちで処理してもらって構わないか？」

事務的にさっさと進めたいのか、アドリアーナがジーナに訊ねる。

「もちろん」

ジーナはあまり感情を露わにしない顔で頷く。これで話はまとまったかに見えた、のだが——。

「姫さんとは畏れ多くて口なんぞきけませんよ」

「育ちの悪すぎるのも困ったものよのう」

「育ちよりも性格に問題があるんじゃ？」

「そなたが性格を口にするな」

マリアンとハインリーケは、周囲そっちのけで角突き合わせていた。

「……二人、いつもこんな感じ？」

那佳は声を潜め、ジェニファーに訊ねる。

「え、ええ」

ジェニファーはまるで、自分のせいであるかのように恐縮した。

「ていうかさ」

頭の後ろで手を組んだカーラが呆れたように言う。

「ウィトゲンシュタイン大尉って、誰にでもあんな感じだろ？」

「そ、そうかな？」

那佳は首を傾げた。他人に厳しい分、いやそれ以上に自分にも厳しい、というのが那佳のハインリーケに対する心証なのだが。

「それくらいでいいだろう。帰投する」

ジーナがハインリーケとマリアンの間に割って入った。

「……ふん」

マリアンも隊長のジーナには大人しく従うのか、ハインリーケに背を向けた。

「ま、待て！」

と、まだ言い足りない様子のハインリーケ。

「ここで揉めて、グリュンネ隊長に迷惑をかける気はないよ。これくらいにしないか？」

ジーナはもう一度、穏やかな表情で告げる。

「う」

ロザリーの名を出されると、ハインリーケも下がるしかない。

「月のある夜ばかりだと思うなよ！」

去り際に、マリアンはハインリーケに向かってベエ～ッと舌を出した。

「わらわはナイト・ウィッチじゃ。返り討ちにしてくれる！」

ハインリーケは怒鳴り返す。こうして、ハインリーケ率いるA部隊とジーナ率いるB部隊は友好的とは言えぬ状態のまま、それぞれの基地に帰投したのであった。


「報告書です」

その翌日の夕刻。ジーナ・プレディはセダンのA部隊基地のロザリーの許を訪れていた。

「ご苦労様、わざわざ届けてもらって悪かったわね」

この前の戦闘の報告にざっと目を通してから、ロザリーはジーナに微笑んだ。

「A、B両隊が出撃しましたから、そちらで一括して報告を司令部に上げるべきだと思ったもので」

ジーナは肩をすくめ、付け足す。

「それに、下心もありました」

「下心？」

「あなたに淹れていただくキリマンジャロは欧州一ですから」

「まあ、お上手」

そう言われたら、淹れない訳にはいかない。立ち上がって書類をキャビネットに収めたロザリーは、手回しのミルで豆を挽き、骨董市で手に入れたサイフォンを用意し、アルコール・ランプに火をつけた。

フランネルの布でドリップした方が豆の特徴は感じられると思うのだが、ロザリーはこの、お湯がゆっくり沸き上がる様子を見つめているのが好きなのだ。

「こうしたお世辞は、ウィトゲンシュタイン大尉の口から聞けないでしょう？」

ジーナは戦場では見せない、たおやかな笑みをその口元に湛える。

「リップ・サーヴィスって言った時点で台無しよ」

ロザリーはふざけ、立てた人差し指を左右に振った。

「……黒田中尉は溶け込めていますか？」

サイフォンがコトコトと小さな音を立て始めた頃、ジーナはロザリーに訊ねた。

「今のところ、ウィトゲンシュタイン大尉のペースをいい意味で乱してくれているわ」

「いい意味で？」

ロザリーの言葉は今のハインリーケと那佳の関係を見事に言い当てていたのだが、那佳と触れ合う機会の少なかったジーナにはあまりピンとこないようだった。

「もしかすると、溶け込めないであの子が悩んでいたら、引き取ってくれる気でいたのかしら？」

ロザリーはウェッジウッドのカップを並べながら、クスリと笑う。

「彼女がA部隊基地と間違ってうちに来た時、ちょっとした人気者になりましたから」

ジーナの観察では、特にカーラと馬が合っていたようだった。

「安心して。黒田中尉はしっかり溶け込んでいるわ」

ロザリーはアルコール・ランプの炎をそっと消した。コーヒーが静かに、下のポットに降りてくる。

「私としては、アドリアーナさんとハインリーケさんの間の緩衝材になってくれることを期待していたのだけど、それ以上ね」

「二人は相変わらずですか？」

と、ジーナ。似たような性格のハインリーケとアドリアーナが反発し合うだろうということは、上層部でも発足当初から問題視するところではあったのだ。ロザリーは直接この質問には答えずに、窓のそばに立って空を見上げた。

「この隊をまとめるのは思っていたよりも大変。クロステルマン中尉がこの任を辞退したのは正解ね」

ノーブル・ウィッチーズの計画が持ち上がった時、最初に隊長として白羽の矢が立ったのはペリーヌだった。だが、ペリーヌはガリアの復興活動に専念するという理由でこれを蹴り、結局、負傷療養中だったロザリーにお鉢が回ってきた次第である。

「……引退、しちゃおうかな？」

ロザリーはサイフォンの前に戻り、カップにコーヒーを注ぐ。

「また思ってもいないことを。弱音は似合いませんよ」

「他の子がいる前じゃ吐かないわ」

ロザリーはカップをジーナの前に置いた。

「貴族だけのウィッチを集めた隊。この発想に無理があるんです。ガリアにほとんど貴族のウィッチは残っていなかったんですから」

ジーナはまず香りを楽しんでからカップを口に運ぶ。

「ガリア政府としては、戦後台頭してくるであろう共和派の動きを抑えるためにも、華やかな貴族部隊の活躍を見せたいんでしょう」

「上層部がそんな本音を？」

ジーナはわずかに眉を上げた。

「まさか」

ロザリーは肩をすくめ、テーブルの上の新聞をジーナに見せる。

「新聞に出ていたの。今朝の「ル・モンド」紙よ。政治欄の端っこに小さく、『政治的妥協の産物（506JFW）、早くも暗礁』ですって」

「司令部からのお達しより先に、新聞で知ることが多いのも問題ですね」

ため息をついたジーナは、チラリと周囲を気にしてから声を潜めた。

「ひとつ、提案があるのですが」

「……何でも乗るわ」

ロザリーは身を乗り出した。


「合同模擬戦？」

「ふえ、B部隊と？」

その夜。夕食の席でその話が切り出された時、ハインリーケも那佳も面食らったような表情を浮かべた。

「そうよ」

ロザリーは笑顔で告げる。

「A、B両部隊の親睦を深めるためにも、定期的に合同で訓練をした方がいいと思うの」

「よく向こうが承知しましたね」

浮かぬ顔のアドリアーナが探るように訊ねる。

「実はジーナ隊長の提案なの」

ロザリーは白状した。

「……罠か」

ハインリーケが口元に手を当てて眉をひそめる。

「もう、何でも疑ってかからないで」

と、ロザリーが平素は穏やかな顔を不満そうにしかめると、デザートのパブロヴァを二つ前に並べたイザベルが手を挙げた。

「はい、イザベルさん」

ロザリーは先生のようにイザベラを指さす。

「空砲に実弾を交ぜる比率は100発に1発ですか？　それとも10発に1発？」

「交ぜません！」

ジョークとは分かっていても、根が生真面目なロザリーの声は大きくなってしまう。

「じゃあ、こちらだけ実弾で――」

「イ～ザ～ベ～ルさ～ん」

ロザリーはにらむが、顔立ちが可愛いせいもあって迫力はゼロだ。

「ともかく！　相手をへこますのは構わないけど、傷つけるのは無しよ！」

「うう、了解です」

元は自分のものだったデザートがイザベルの口に運ばれるのを涙目で凝視しながら、生返事を返す那佳だった。


同じ頃。ディジョンのB部隊の面々は食事を終えて休憩室に集まっていた。

「日程はこれから詰めるのでまだ未定だが、やるからには勝つから、そのつもりで」

ジーナが中心となって、早くも作戦会議である。

「グリュンネ少佐がレフェリーとなるので、A部隊は指揮系統が機能しない。私たちはそこを衝く」

ジーナは黒板を持ってきてフォーメーションを図示する。残念ながら、絵の才能はないようだが。

「隊長、お願いが」

マリアンが挙手をした。

「カール大尉」

ジーナも先生のようにマリアンを指す。

「ウィトゲンシュタイン大尉の相手は私に」

「却下」

　ジーナはにべもない。

「ええええっ!?」

　拍子抜けするマリアン。

「私が囮役。残りの三機は常に複数で敵に当たり、一機ずつ潰してゆくが――」

　黒板に自分が書いたフォーメーションを眺めながらジーナは考え込む。

「――不確定要素は黒田中尉だな。彼女の実力は未知数だ。この作戦をプランAとして、別のプランを立てる必要があるかも知れない」

「そうですね」

　ジェニファーが同意する。

「でも、親睦のための模擬戦なのですから――」

「正々堂々、やっつけられる!」

　闘志満々のカーラがパチンと拳を手に打ちつけた。

「いや、そうじゃなくって……」

　ジェニファーの小さな唇から諦観のため息が漏れた。

そして、なんやかんやで合同模擬戦当日。

第506統合戦闘航空団の全メンバーは、トロワ郊外、フォレ・ドリオンのオーゾン・タンブル湖畔に集結していた。トロワはディジョン、セダン、そしてパリからもほぼ等距離にある古都で、合同訓練にはうってつけの場所だ。

集まっているのはメンバーだけではない。オブザーバーとして、ベルギカのサントロン基地からゲルトルート・バルクホルン大尉とエーリカ・ハルトマン中尉がやってきている。カールスラント人にとって、501JFWのこの二人は希望の星。カールスラント系の雑誌関係者が多いのも、恐らくそのせいだろう。

「シュナウファー少佐は来ておらぬのか？」

ハイデマリーの姿がないのを見て、ハインリーケがバルクホルンに訊ねる。

「お留守番だよ～」

バルクホルンの脇から、ハルトマンがヒョコッと顔を出して笑いかける。

「さすがにさ、基地にミーナ以外に誰もいないと困るでしょ？」

「先だっての礼を、改めて言いたかったのだが」

ハインリーケは少し残念そうだ。

「伝えておこう」

バルクホルンはハルトマンの頭を押しやって頷いた。

このオブザーバー二人に加え――。

新聞、雑誌、ラジオに映画。多くのメディアもこの地に続々と集まってきていた。

急遽、整備班によって設けられたステージに立ったメンバーに、カメラのレンズが向けられる。

「どうしてマスコミがこんなに？」

ジーナはカメラマンや記者を見渡すと、かすかに眉を上げた。

「ええっと、その件ね」

うなだれたロザリーは那佳を指さす。

「あれが漏らしちゃった人」

「え、話しちゃいけなかったんですか？」

数日前のことになるが、「ニューヨーク・タイムズ」紙の番記者がケーキを片手に通常の取材に訪れた際に、那佳は何かのついでに今回の模擬戦のことを教えてしまったのだ。

まあ、ケーキで買収されたとも言うが。

「いけないって、言わなかったわね」

認めるロザリー。

確かに。前もってマスコミに秘密だ、とは釘を刺していない。あくまでも隊内での通常の訓練だと考えていたので、まさかこれほど話題になるようなことだとは考えていなかったのだ。

だが、那佳のうっかりを待つまでもなく、上層部に一応の許可を取った時点で話が大きくなり始めていたようだ。軍の広報担当官がわざわざやってきて、マスコミの対応に愛想良く当たっているのがその証拠である。

「わざわざ念を押すまでもないと思ったから」

ロザリーは潤んだ瞳でジーナを振り返って訴える。

「いい方向に考えましょう」

ジーナはロザリーの肩に手を置いた。

「今回は、情報管理の問題点がはっきりしたということで」

「問題点？」

と、首をひねる那佳。

「そなたのことじゃ」

ハインリーケがため息をついた。

「で、どうします？　追い返しますか？」

ジーナは改めて訊ねる。

「今さら？」

ロザリーはブルブルと首を振った。

「扱いを間違えたら、後でどんな記事が出るか分からないわ」

ロザリーの脳内で「タイムズ」紙の見出し、『謎のヴェールに包まれた５０６ＪＦＷ、記者を追い払う秘密主義！』の文字が踊る。

「……そうですね」

ジーナはちょっと考えてから、ロザリーを安心させるように頷いて見せた。

「問題はないでしょう。マスコミ受けのいい連中もいますし」

すでにちゃっかり、カーラなどがＶサインを作ってカメラマンのフラッシュを浴びている。

「それとひとつ、私から隊長に告白しなければならないことがあります」

ジーナはマスコミに聞かれないよう声を潜めた。

「昨夜、ガリア政府の高官から内々にということで打診がありました」

「あなたに直接？」

レンズが向けられているロザリーも、笑顔を崩さずに聞き返す。

「内容を聞かせてもらえるかしら？」

「はい」

「ノーブル・ウィッチーズは本来の設立目的からして貴族の優秀性、ひいては必要性を示すための存在。ほとんどが平民のB部隊に勝利されるのは、甚だ都合が悪いと」

「わざと負けるように持ちかけられたの？」

「はい」

「それで？」

「隊長には申し訳ありませんが、うちの隊員は加減ができるほど器用ではないと答えました」

「ありがとう、中佐」

ロザリーの笑顔が、マスコミ向けではない心からの笑顔に変わった。

「では、ルールを説明します」

マスコミ各社が一通り紙面を飾る写真を撮り終えたところで、ロザリーはパンフレットを整備班に配らせ、説明を始めた。パンフレットは整備班長が寝る間も惜しみ、気合いを入れて作成した全48ページのフルカラー印刷である。

「参加する隊員のプロフィール、及び今回使用される武器のスペックなどについての詳しい情報は、広報にお訊ねくださいね」

微笑むロザリー。マスコミ対応は実は苦手なのだが、それでも隊長就任以来、何回か繰り返すうちにそれなりに恰好がつくようにはなってきている。

「この模擬戦闘では隊員の安全を考慮して、ペイント弾を用います」

ロザリーはMG42に使われる典型的なペイント弾を掲げ、マスコミに公開した。無論、ジーナやハインリーケの銃器にはそれ専用の銃弾が用意されている。

「体に被弾した場合は撃墜されたと見なされ、即、戦闘から離脱。ストライカーユニットへの被弾は片側のみならそちらを停止させて戦闘続行、両側に被弾した場合は撃墜の扱いとなります。バルクホルン大尉？」

ここでロザリーはバルクホルンの方に目をやる。オブザーバーとして見学するだけでは済まないと思ったのか、元来が人の好いバルクホルンは、ロザリーのアシスタントを自ら買って出てくれたのだ。

「この掲示板を見てくれ」

バルクホルンが咳払いをして、記者たちの注意を引いた。

掲示板にはA、B部隊に分けて、戦闘に参加する隊員の名前が書かれている。

もう一度確認すると――。

A部隊
ハインリーケ・プリンツェシン・ツー・ザイン・ウィトゲンシュタイン大尉
アドリアーナ・ヴィスコンティ大尉
黒田那佳中尉
イザベル・デュ・モンソオ・ド・バーガンデール少尉

B部隊
ジーナ・プレディ中佐
マリアン・E・カール大尉
ジェニファー・J・デ・ブランク大尉
カーラ・J・ルクシック中尉
合計八名である。
「撃墜されたウィッチには、×印が表示される。A部隊、B部隊の各隊員は、折を見て掲示板を確認し、自分に×がつけられたら、直ちに地上に降りるようにな」

バルクホルンは掲示板を指し示しながら、那佳たちを見る。

大きな横長の掲示板は、Ｂ部隊の、それも主にリベリオン出身の整備兵たちが、リクリエーションでやっている野球の試合で用いられる掲示板を流用したもの。電光掲示式となっており、大リーグで使用されている物よりもド派手なＢ部隊整備班自慢の掲示板である。

パンフレットの作成に力を入れたＡ。

掲示板で張り合うＢ。

今回の模擬戦、それぞれの整備班も対抗意識を抱き、既に火花を散らしていたのだ。

「くれぐれも言っておきますが、この模擬戦はＡ、Ｂ両部隊の親睦を深めるためのものであり、相手を倒すことよりも、お互いの能力を理解することに――」

と、説明するロザリーの背後では。

「こっちが勝ったら、明日からそっちがＢ部隊だからな！」

カーラがＡ部隊の面々に向かって宣言していた。

「何を言い出すかと思ったら、コーラの糖分が脳に悪影響を与えたのか？」

アドリアーナが呆れたというように首を横に振った。カーラのコーラ好きを知っての揶揄だ。

「そっちこそ、チーズとオリーブオイルでブクブクに太らないように気をつけろ」

マリアンが挑発する。

「オリーブオイルは体にいいんだ！」

祖国の味をこけにされ、アドリアーナが珍しく声を荒らげた。

「じゃあ、こっちが勝ったら、そっちはもうひとつ下がってC部隊ということでいいよね？」

どうでもいいような顔をしていたイザベルまでもが相手を刺激するようなことを言い出し、那佳を見る。

「黒田さんは？　勝ったらどうして欲しい？」

「う～ん」

腕組みをしてちょっと考えていた那佳は、カーラを見てパッと顔を輝かせた。

「じゃあ、コーラ！　コーラを、ええっと、10ケース！」

「そのようなもの、喜ぶのはそなただけじゃろうが!?」

思わず肘で小突くハインリーケ。

「とにかく、この下克上、返り討ちにしてくれようぞ」

「はい、カスター将軍」

と、イザベル。カスター将軍はリベリオン開拓時代、先住民に攻撃を仕掛け、逆に全滅した第七騎兵隊の隊長。イザベルお得意のブラック・ユーモアにも拍車がかかった。

「別にどっちがAでどっちがBでも、構いませ——」

ジェニファーが狼狽えながらも、何とか取りなそうとするが。

「A部隊のAはエースのA。この名、簡単に譲る訳にはゆかぬな」

ハインリーケは冷笑を浮かべ、鼻を鳴らした。

「珍しく意見が一致したな」

アドリアーナも頷いた。

「か、構うんですね？」

肩を落とすジェニファー。

親睦的な雰囲気は戦闘開始前から微塵もない。ロザリーの隣に立つジーナは聞こえぬ振りをしているが、マイクの性能が良いせいで、後ろのやり取りはマスコミにも丸聞こえ。

ロザリーはたまらず赤面する。

「……これ以上恥をかかないうちに」

ジーナがささやく。

「それでは、戦闘準備！」

本当はまだいくつか説明や挨拶が残っていたのだが。ロザリーはそれをすっ飛ばして宣言した。

Ａ、Ｂ双方の隊員が各々の簡易ハンガーに向かって走り、ストライカーユニットに飛び乗って大空に舞い上がってゆく。

「本物の貴族の戦いぶり、見せてくれるわ！」

本物、の部分をゆっくり溜めて発音したハインリーケは腕を振って那佳たちを展開させた。

「うわっ、ムカつく〜っ！」

カーラは指揮を執るジーナの右翼に陣取りながら、空中で器用に地団太を踏んで見せる。

「みなさ〜ん、どうせ模擬戦なんだし、仲良く和気藹々と——きゃあ！」

ジェニファーが言いかけた途中で、ハインリーケが空に向かって発砲した。

「御託はそれまでじゃ。遊んでやるので、かかってくるがよい」

これが模擬戦開始の合図となった。

『ハインリーケさん！　合図は私が出すことになって——』

インカムを通じて地上のロザリーが訴えるが、手遅れである。望遠レンズをつけた報道関係者のカメラが上空に向けられ、五月雨のような音を立ててシャッターが切られる。

「あのさ……模擬戦ってこんな感じで始めるんだっけ？」

ハルトマンが首を傾げてバルクホルンを見る。

「グダグダだな」

バルクホルンは額に手を当てた。

「黒田中尉はわらわとともにプレディ機を挟撃、ヴィスコンティ大尉は――」

指揮を執るハインリーケは一瞬、アドリアーナに目をやった。

「イザベラと二人で残りのウィッチを牽制、でいいか？」

と、返すアドリアーナ。

「うむ」

頷いたハインリーケはいったん上昇し、V字のフォーメーションを組んでいるB部隊の一番奥にいるジーナに3時方向から迫る。

イザベルは狙いをマリアンに絞り、アドリアーナはカーラとジェニファーの足止めにかかる。

「となると――」

ハインリーケの動きを見た那佳は、9時方向に回り込もうとするが。

「予想通りだな」

二人の動きを見たジーナが下がり始めた。

さらに——。

「隙ありだぞ、黒田中尉！」

那佳の右手から、イザベルの牽制をかい潜ったマリアンがペイント弾を乱射した。

「あ、この間はどうも」

那佳は体を捻って火線から逃れ、マリアンに挨拶する。

「緊迫感がなさ過ぎだろ！」

マリアンは一瞬脱力し、吹き出しそうになるが、攻撃の手は緩めない。これでジーナにはハインリーケ、マリアンには那佳とイザベルがつき、ジェニファーとカーラはアドリアーナがひとりで相手をする形になる。

「せっかく隊長が囮になってくれたのに！　引っかかったの、姫さんだけだよ！」

アドリアーナのペイント弾を躱したカーラが、頰を膨らませた。

「マリアンが動くのが早過ぎたんです」

カーラの援護をするジェニファーが冷静に分析する。

「次の手は⁉　ねえ、次の手は！」

顔のすぐ横をペイント弾がかすめたカーラはアドリアーナを振り切ろうと必死だ。

「まだです。隊長が動くのを待ちましょう」

ジェニファーは、視界の左端にジーナの姿を捉えながらトリガーを絞り続けた。

一方。

ジーナは攻撃を控え、ハインリーケが追おうとすると下がり、止まると止まる動きを続け、他の隊員から離れつつあった。

「正々堂々勝負せぬか！」

苛立つハインリーケは怒鳴る。

「あまり落胆させないで欲しいんだが……」

ハインリーケが放つ無駄弾を余裕を持って躱しながら、ジーナは眉をひそめた。

「落胆？」

ハインリーケも、ジーナが浮かべた表情に釣られたように眉をひそめる。

と、次の瞬間。

ジーナは一回、AN／M2の引き金を絞った。発射されたペイント弾はハインリーケの右肩のすぐそばを通り、後方へと飛んでゆく。

「噂ほどの腕ではないのう」

鼻で笑うハインリーケ。

「……狙いはあなたじゃないよ、プリンツェシン」

ジーナは静かに告げた。ペイント弾は遥か後方、イザベルの背中に命中していた。

「!?」

振り返ったハインリーケの目が丸くなる。撃墜されたイザベルも信じられないといった顔だ。

「ホークアイ……この距離で」

ジーナを向き直り、にらむハインリーケ。

ずば抜けた遠距離視と動体視力。それがジーナの固有魔法、ホークアイなのだ。

「勝負は後回しじゃ、プレディ中佐!」

踵を返したハインリーケは仲間の援護に向かうべく引き返す。

「……まんまと引き離された時点で戦闘隊長失格、と言いたいところだけど」

その背中を見て、ジーナは口元に笑みを浮かべた。

「仲間を見捨てなかったことで減点は取り消しだな」

『バーガンデール少尉。被弾だ、降りてこい』

双眼鏡で確認したバルクホルンが告げると同時に、掲示板のイザベルの欄に×印がついた。

「うわ～、や～ら～れ～た～」

イザベルは叫び声を上げながら、小振りな右胸を押さえ――実際にペイント弾を浴びたのは背中なのだが、演出的に胸を撃たれたことにしたらしい――錐揉みで急降下してゆく。

『……バーガンデール少尉、余計な演出は要らないから』

インカムを通し、ロザリーの声が聞こえてくる。

「う～」

イザベルはつまらなそうに錐揉みを止め、着陸態勢を取った。ロザリーやバルクホルンたちが立つ掲示板のそばまで降りてくると、記者やカメラマンがイザベルを取り囲む。

「では、ここで惜しくも最初のリタイヤ者となったバーガンデール少尉にお話を聞いてみましょう。どうでした、B部隊の戦いぶりは？」

マイクを向けたのは、BBCラジオ・ニュースのインタビュアーだった。

「ええっと？」

イザベルはマイクを指さし、答えていいのと問うようにロザリーの方を見る。

ロザリーは、際どいジョークは止めるようにという祈りを込め、ゆっくりと頷き返した。

「思っていたよりも、B部隊は優秀でした。とても心強い仲間だと思います」

イザベルはマイクに向かい、まずは模範的な回答を口にする。

「少尉はウィッチであることを隠すため、ご両親に男子として育てられたそうですが？」

続けて、「ニューヨーク・タイムズ」紙の記者が訊ねた。

「そ。だから、アイザックって呼んでくれてもいいよ」

「あなたの中性的な魅力が、同年代の女の子に圧倒的に支持されているのを知っていますか？」

「ほんと？」

イザベルはちょっと驚いたような顔になった。

「ええ。この雑誌にも特集が」

記者のひとりが「ヴォーグ」誌を差し出す。

「へえ～」

イザベルがその雑誌を開くと、カメラのシャッターがシャカシャカと切られた。

「……本当に女の子なんですよね？」

インタビューワーが改めてイザベルを見つめる。

「脱げば分かるよ」

イザベルは雑誌を読みながら、ごく無造作に制服のボタンに手をかけて外し始めた。

「イザベルさん！」

ロザリーが慌てて止めに入ろうとする。

「あ、でもラジオじゃ見えないよね？」

イザベルは手を止めた。

「もう」

記者たちをかき分けようとしていたロザリーが、やっといつものジョークだと気がついてため息をつく。

だが、ここで大型のカメラを担いだカメラマンが手を挙げた。

「うちは映画ニュースですが？」

「じゃあ」

イザベルはそちらの方を向いて、またボタンに手をやった。

「イ～ザ～べ～ルさ～ん！」

本気で止めにかかるロザリーだった。


「行くぞ、黒田中尉！」

イザベルが離脱したことで那佳と一対一になったマリアンは、ここで攻勢に出た。

「ここからは手加減抜きだ！」

マリアンのストライカーユニットが、一気にスピードを上げた。

「わわっ！」

あわてて身を翻す那佳。

「やるじゃないか！　見直した！」

自分のペイント弾をギリギリのところで見切った那佳に、マリアンは舌を巻く。

「誉めてもらうのは嬉しいんだけど！」

と、返す那佳の体のそばを、またもペイント弾がかすめた。

「これって、おやつ休憩とか入るんでしたっけ⁉」

「知るか⁉　っていうか、普通入らないだろ！」

那佳の調子に釣られ、貴族嫌いのマリアンもついつい答えてしまう。

この様子を地上で見て、那佳を指さしながら腹を抱えて笑っていたのがハルトマンだ。

「あははははっ！　あいつ、楽しみすぎだよ！」

「まるで誰かさんを見ているようだ」

呆れたように横のハルトマンを振り返るバルクホルン。

「え、誰？　宮藤？」

そう聞き返すハルトマンは、もちろん自覚ゼロだ。

「……駄目だ、こいつ」

今さら他人の振りもできぬバルクホルンは、着弾の観察に専念することにした。

「お遊びはここまでだ！」

とうとう、マリアンは那佳の背後に回り込むことに成功した。

「速い！　背中を取られ——」

那佳が息を呑んだその瞬間。

「そうはさせぬわ！」

ハインリーケがマリアンの上方四時の方角から急接近し、牽制のペイント弾を乱射した。

「間に合ったようじゃの！」

ハインリーケは那佳とマリアンの間に入った。

「油断じゃぞ。あやつは口が悪くて、速くて口が悪くて口が悪い。翻弄されるでない」

口が悪い、は三度繰り返された。

「う、うん。ありがとう」

「口が悪いは余計だ！」

いったん離れたマリアンが、再び距離を詰めてくる。

「二対一で挑むか。頭に血が上ったな」

　ハインリーケは反時計回りにマリアンの背後に回り込もうとするが――。

「駄目ですよ。落ち着いて」

　今度はジェニファーがアドリアーナをカーラに任せ、こちらに救援にやってきた。

　マリアンはすぐに落ち着きを取り戻し、フォーメーションを組んだ。

「ふむ。連係という点に限れば、あちらが上かの」

　その様子を見て、素直に感心するハインリーケ。

　これで二対二、イーヴンである。ジェニファーとマリアン。ハインリーケと那佳。

　四人は一呼吸を置いて、至近距離で撃ち合った。双方とも、銃口の向きを見て火線から身を逸らす術が染み付いているので、なかなか命中はしない。

「ならば！」

　ハインリーケは那佳の背後に回り込むと、その股の間から一弾を発射した。意外な場所からの攻撃に、生真面目なジェニファーの反応が一瞬遅れる。

　性格に似て慎ましやかな胸が、青いペンキに染まった。

『ブランク大尉、撃墜』

　この様子を確認したバルクホルンが宣言する。

「は、恥ずかしい」

うなだれて降りてゆくジェニファー。

もともと垂れている使い魔のスパニッシュグレイハウンドの耳がさらにヘナッとなった。

「やるな、姫さん！」

こうなると、二対一。

マリアンはカーラと合流しようと、那佳たちを引き離しにかかった。

ことスピードに関しては５０６でも右に出る者のいないマリアンである。性格の荒っぽさを指摘されることもある彼女だが、速度の追求については実に真摯で、あのシャーロット・E・イェーガー大尉にレクチャーを受けた際にはまるで借りてきた猫のようだったという逸話が残っている。

「逃がすか！」

追うハインリーケと那佳だが、速度の差は如何ともし難く、マリアンはやすやすとカーラと合流する。だが、結果的にはこちらもアドリアーナと合流できたので、数的優位は変わらない。

「コーラは渡さないぞ！」

カーラが那佳に向かって宣言する。

「え～、くださいよ」

と、那佳。この二人に関してはどうも緊張感が足りないようだ。

「さて、どうする？」

問いかけるアドリアーナ。

だが。

「引っかかった」

マリアンは会心の笑みを浮かべた。

「これがこっちのプランＢ」

「しまった！　ジーナがノーマーク！」

いち早く気が付いたのはアドリアーナだった。

「みんな、この二人を盾にしろ！」

アドリアーナは遥か離れた位置にいるジーナの姿を認めると、とっさにマリアンを間に挟む位置に移動した。味方に当たる危険があれば、撃ってこないだろうとの判断だ。

しかし。

そのマリアンの首筋ギリギリをかすめたペイント弾が、アドリアーナの肩に命中する。

『ヴィスコンティ大尉、離脱』

バルクホルンの宣言とともに、掲示板に×の印が点灯した。

「さすがだ」

アドリアーナは首を振り、地上に向かった。

「黒田中尉！　接近戦に持ち込め、このままでは奴の思うがままじゃ！」

ハインリーケはMG151／20のグリップを握り直し、那佳に命じた。

「でも、そっちの二人は⁉」

「ひとりで十分！　釣りがくるわ！」

那佳はこれを聞いて、背後を気にせずにジーナに向かって急接近をかける。

「へえ、ずいぶん信頼してるんだな、姫さんのこと」

マリアンはあえて那佳を追わず、カーラと二人でハインリーケを挟む。

「正直、見直したよ。まだ好きにはなれないけど」

マリアンとカーラはハインリーケに十字砲火を浴びせた。

1発がハインリーケの右のストライカーユニットに命中する。

『ウィトゲンシュタイン大尉、右ストライカー被弾』

掲示板に△の印がつく。

だが。

「今のはわざと当てさせた」

今度はハインリーケが会心の笑みを浮かべた。

「強がるな！」

叫んだマリアンはさらにペイント弾を乱射した。

「ふん！」

ハインリーケは被弾して停止状態の右ストライカーユニットでペイント弾を受けた。

ストライカーユニットを盾にしたのだ。

「騎士には槍だけではなく盾も必要での」

華麗な身のこなしでペイント弾を受け続けながら、ハインリーケは銃口をマリアンに向けてトリガーを絞った。

「チェックメイト」

マリアンの顔が青いペンキで染め上げられる。

「やっぱり、お前なんか大っっっっ嫌いだ～っ！」

マリアンは袖で顔を拭きながら離脱した。

「嫌いで結構。さて」

ハインリーケはカーラの方を振り返る。

「残るはおぬしじゃ」

「確かにいい作戦だけど」

カーラの方も顔から余裕の色が消えていない。

「スピードが半分に落ちるってこと、忘れてない？」

カーラは大きく九時方向に移動し、そこから素早く旋回してハインリーケの後方に回り込んだ。

「今の姫さんなら簡単に背中を取れ――」

そう宣言して弾を叩き込もうと思った瞬間。目の前からハインリーケの姿が消えた。

「このようにか？」

「嘘！　じゃあ、今までのって？」

カーラの目が丸くなる。

「相手に見くびらせるのも、ひとつの兵法よ」

模擬戦開始の時点から、ハインリーケは一度もトップスピードを出さなかった。

マリアンを追った時でさえ、速度はセーブしていたのだ。

ハインリーケはカーラの左右のストライカーユニットに向けて、1発ずつ放った。

結果を確認するまでもない。ハインリーケはクルリと背を向けた。

「そんな～」

カーラ・J・ルクシック中尉、撃墜。

そして――。

那佳はジーナが待つ場所にたどり着いていた。

途中で撃ち落とすことも可能だったかも知れないが、ジーナはそうはしなかったのだ。

だが、那佳の射程に自分が入るや否や、容赦ない量のペイント弾が発射された。

「この間は、あまり話をする機会もなくて失礼した」

トリガーを引きつつ、まず口を開いたのはジーナだった。

「え、いいえ！」

那佳の方は息をするのも忘れて躱すのがやっと。

応射など問題外だった。

「なあ、ここまで黒田中尉が残ると、思っていたか？」

那佳が避け続ける様子を観察しながら、バルクホルンはハルトマンに訊ねていた。

「全然」

どこで買ってきたのか、ソフトクリームを舐めながらハルトマンは首を横に振る。

「面立ちがちょっと宮藤を思い出させるな」

「そう？　宮藤の方が……ええっと、どういったらいいんだろ？　びっくりした――」

「狸みたいか？」

「そう、それ！」

二人は顔を見合わせて笑うと、ちょっとしんみりした顔になる。

宮藤芳佳は、今は予備役となり、扶桑に帰っているのだ。

「……会いたいな、また」

ハルトマンはつぶやく。

「機会はあるさ。この戦いが終われば、いつでもな」

バルクホルンは慰めるようにハルトマンの肩に手を置いた。


「くっそ～！　やられちゃったよ～！」

カーラは頭を抱えてジェニファーたちが待つステージへと降下してきた。

「惜しいところでしたね」

ジェニファーが労う。

「惜しいで済むか！　こっちはあと隊長だけだぞ！　隊長がやられたら、あの生意気な姫さんに、さんざんからかわれるぞ！」

マリアンはまだペンキが落ちていない金髪を掻きむしりそうになったものの、カメラが自分に向けられていることに気がついて何とか堪える。

「……私たち、Ｃ部隊ですか？」

ジェニファーが小さなため息を漏らす。

と、その時。

「ん？」

カーラは自分のストライカーユニットを脱いで確かめると、首をひねった。

「んんん？　ねえ、マリアン？」

「これは？」

マリアンも被弾の様子を確認すると、レフェリーのロザリーを呼んだ。

「おっと！」

那佳はとにもかくにも、被弾を免れていた。

「いい判断だ」

撃ち続けながらもジーナは賞賛を隠そうともしない。

「いい機体ですね！」

那佳の方は、まるでリンク上のスケート選手のような動きを可能にするジーナのストライカーユニットに感嘆していた。

「整備が超一流なものでね。おかげで私は機体の力を120パーセント引き出せる！」

ジーナの顔が綻ぶ。

「こっちも整備は超一流ですよ！」

これを聞いた地上の整備班員たちは咽び泣いた。

「私と戦闘中に会話を交わす余裕があるとは」

「それは中佐も同じでしょ⁉」

那佳は完全にジーナの射程内。

すでに4発は命中させているはず——なのだが、那佳は躱し続けている。

「成る程、ここからが黒田中尉の真骨頂という訳か」

ジーナは金魚を手で掬おうとしているような感覚を覚えていた。

「その力、見極めさせてもらおう」

「遠慮しますって、そ〜ゆ〜の！」

那佳は悲鳴に近い声を上げる。さすがにもう限界が近いのだ。

「ひとつ訊ねていいか？」

ジーナはそう言いながらも連射の手を緩めない。

「戦闘隊長としてのウィトゲンシュタイン大尉の資質をどう見る？」

「嫌いじゃないですよ、今は」

那佳は首をすくめた。そのすぐ上をペイント弾がかすめる。

「……いや。そういうことを聞いているんじゃない」

「優秀とか、そうじゃないとか——」

那佳がでんぐり返りのように体を回転させ、今度はお尻ギリギリのところをペイント弾が通過した。

「どうでもいいじゃないですか。一番大切なのは戦友として信頼できるかどうかだし」

「そうか。君にはそうなんだな。納得した」

ジーナは体当たりをかけるかのように自分の方から那佳との距離を詰めた。

「わっ！　ちょっと！」

焦る那佳。

「この動きはさすがに読めなかったようだな」

ジーナは那佳に密着すると、銃口を胸元に押し当てる。

「これで残りはプリンツェシンのみ……と言いたいところだが」

AN/M2のトリガーが引かれた。

だが、小さな音がしただけで、ペイント弾は発射されない。

「弾切れ?」

那佳は唾を呑み込んだ。

「君の勝ちだ」

全弾撃ち尽くしても、とうとう那佳を落とせなかったということである。

ジーナはAN/M2重機関銃を下ろし、苦笑した。

「黒田中尉、夢中にさせてくれる相手だよ」

「そなたほどの者が、痛恨事じゃのう」

近づいてきたハインリーケは、とどめのペイント弾を発射しようとして、やめた。

「黒田中尉、そなたの相手じゃ」

トリガーから指を外したハインリーケは、那佳を振り返って微笑みかける。

「え? いいの?」

「二度同じことを言わせるでない」

「はい」

那佳はジーナに銃口を向けた。

バシャ！

バシャ！

ペイント弾が、命中した。

ただし――。

「わわっ！」

「何じゃと⁉」

ジーナにではない。那佳とハインリーケにだ。

「どこから？」

「どういうことじゃ⁉」

顔を見合わせる那佳とハインリーケ。

「やった！」

呆気（あっけ）にとられる二人の下方で、会心のガッツポーズを取っている者がいた。

すでに離脱（りだつ）したはずのカーラである。

「9回裏2死2ストライクからの逆転満塁（まんるい）ホームラ〜ン！　ベーブルースかディマジオだね！」

「言っておる意味が分からぬ！」

ハインリーケはカーラを見て声を荒らげる。

「ど、どういうこと⁉　さっき撃墜されたんじゃ？」

那佳も唖然茫然だ。

『あ～、再審の結果、ルクシック中尉のストライカーユニットへの被弾は取り消された』

インカムからバルクホルンの声が聞こえてきた。

『掲示板をよく確認しろと言っただろう？』

「た、確かに……」

那佳が目を凝らして地上を確認すると、掲示板のカーラの欄には×がついていない。

「弾が当たった気はしたんだけど、ペイントの痕がついてなかったんだよね」

カーラはニッと笑う。

「私の固有魔法のおかげだって話だよ」

「貴様の固有魔法⁉　そうか！」

ハインリーケは自分の額を叩いた。カーラの固有魔法は冷却能力。それがハインリーケの背後に回ろうとした際に全開となった。ペイント弾内部のペンキは凍り、ストライカーユニットに付着することなく砕けて落ちたのだ。

「そんな〜」

肩を落とす那佳。

「勝利のダ〜ンス！」

カーラはハインリーケの目の前で踊り始めた。

「コーラの勝利、コーラ無敵〜！　スカッと爽やか、明日からこっちがA部隊〜！」

「くっ！　残念だが、これも時の運」

ハインリーケは唇を嚙みしめる。

「リベリオン、ばんざ〜い！　リベリオンのウィッチは世界一いいいいいっ！」

「いい勉強になった。油断は禁物という——」

「みんなみんな〜っ！　ほら、写真！」

いい気になったカーラはハインリーケの肩に寄りかかる。

ブツンッ！

「ええい……うっとうしいわ！」

ハインリーケの中で何かが音を立てて切れ、カーラに向けて機銃を乱射した。

「だ、駄目だって！　落ち着いて！」

那佳が銃身を握って止めようとするが、却ってあっちこっちに弾が散る結果になった。

ペイント弾が、四方八方に飛び、被害者が続出する。

「これが落ち着いていられるかあああああっ！」

被害はカーラやB部隊の面々にとどまらない。

アドリアーナやイザベルもハインリーケのペイント弾の洗礼を受ける。

「大尉、やめなさい！」

騒ぎを何とか収めようとするロザリーの顔にもペイント弾が命中する。

「も、知らない！」

ロザリーは、ぺたりと座り込んだ。


後に。

この場に居合わせた「ライフ」誌所属のカメラマン、ロバート・キャパは、その自伝の中でこう回想している。

ペイント弾の雨が降った、と。

エピローグ
EPILOGUE

後始末

「うう、何故わらわがこのような」

キッチンに立ったハインリーケは、1時間以上も前からこぼし続けていた。

今のハインリーケは、なんとエプロンをまとっている。

無論、整備班の者たちがこの艶姿に盛り上がらぬはずもない。密かに数十回のシャッターがこのキッチンで切られたことについては、語るまでもないだろう。

「相手構わずにペイント弾を浴びせたからですよ。それも、隊長やオブザーバーのバルクホルン大尉やハルトマン中尉にまで」

氷の入ったボウルで小倉あんを冷やしながら、那佳は呟く。

結局、模擬戦はハインリーケの爆発でうやむやのうちに終わった。もちろん、AB両隊の名称変更も、コーラ10ケースの話もお流れだ。

この件がニュースになれば、正式な結成披露を前に大スキャンダルとなるところであったが、あまりの醜態に呆れた報道陣は——ロザリーが例の無敵の涙目で訴えたということもあって——大きな記事にはしないと約束した。

その引き替えとして混乱を引き起こした張本人ハインリーケが、被害を受けた全員——これにはもちろんB部隊の全員、それにアドリアーナとイザベルまでもが含まれる——にお菓子を振る舞うことになった。だが、ハインリーケは菓子など作ったことがない。日頃、その美味しさを自慢するシュトレンも、レシピは知らないのだ。このままでは壮絶なる毒物？を提供され、二重災害となる畏れがあるので、那佳が——ロザリーに懇願されて——手伝い、アンミツを作ることになった。

我ながら付き合いがいいな〜、と那佳は自分に感心する。

「寒天、固まりました？」

那佳は、ハインリーケの前に置かれたアルミのバットを指さす。

「……おそらく」

「じゃあ、それを賽の目に切って」

「賽の目？」

「サイコロと同じくらいの大きさに切ること」

「では、サイコロの形に切れといえば良いではないか？　賽の目というからには、1から

6の間の数字に対応した形にだな――」

「数字に対応って、どういう形です？」

と、那佳。1の形に切るのはともかく、後は結構難しそうだ。

「それが分からぬから尋ねておるのだ」

ハインリーケは開き直る。

「まったく。庶民のことが分かってるって、よく言いますよね？」

那佳は小倉あんの温度を確認しながらため息をもらす。

「扶桑の文化を熟知していると言った覚えはない」

ハインリーケはそう返しながら、バットから水を張った大きなボウルに寒天を取り出そうするが、うまくはいかない。型から取り出す時にはバットを熱湯につけてから周囲にナイフを入れるのだが、それを知らないのだ。

「てえいっ！」

逆さにしたバットを力いっぱいボールに叩きつけても出てこない。

「さっき聞いたら、バルクホルン大尉たちは知ってましたよ、アンミツ」

バルクホルンとハルトマンは、さっきキッチンの前にやってきて那佳に声をかけてくれた。理由は不明だが、那佳に非常に同情的な二人だった。

「何故、奴らが知っておる？」

　とうとうハインリーケはヘラで型から寒天を掘り出し始めた。

　当然、寒天は六割方が崩れ、ぐちゃぐちゃになる。

「宮藤さんあたりに作ってもらったんだと思いますよ。坂本少佐は……ちょっとそういうのあり得ないし」

　坂本にお菓子が作れるくらいなら、真夏の宮崎で雪だるまが作れる、とまで思う那佳はちょっと失礼だ。

「ふむ。確かにあまり話したことはないので決めつける訳ではないが、坂本少佐は菓子づくりには大ざっぱすぎる性格に見ゆる」

「……………お、大ざっぱ？」

　那佳はマジマジとハインリーケの顔と寒天を見比べた。

「そなた、本っ当によい性格をしておるのう」

　那佳の視線の意味が分からぬほど、鈍いハインリーケでもない。

「でも」

　那佳は人数分のガラス容器を並べ、アンコと豆、フルーツをそれぞれに盛る。

「ちょっと楽しかったですよね、模擬戦？」

「それは認めざるを得ぬ。そなたがプレディ中佐とあそこまでやり合えるとは思うてもみなんだ」

ハインリーケは頷いた。

「あははは……」

力なく笑う那佳。正直、本気を出されたらあれだけ耐えられたとは思えない。

「隊長には迷惑をかけた。やはりB部隊とは友好的に振る舞わねばならぬのだな」

それはハインリーケの口から出た、初めての反省の言葉だった。

「だが、次に模擬戦をやる時は絶対に負けぬ。今回も負けてはおらぬが、衆人の目にもはっきりと分かる勝ち方をするぞ」

「勝ってコーラをもらいましょう！」

アンコをたっぷりと器に盛りながら、那佳もリターン・マッチを誓う。

「コーラは要らん」

その件に関しては、やはり意見の一致を見ないようだ。

那佳は『美よし』のおばさんに教わったレシピの、さっぱりとした後味の蜜を、寒天が浸る程度に注いでゆく。

「はい、完成！」

「……黒田中尉」

トレーにアンミツを載せて運ぼうとする那佳の背中に、ハインリーケが声をかける。

「その、世話になったな」

「何言ってるんです」

那佳は振り返って微笑んだ。

「戦友でしょ、私たち」


那佳たちが食堂でアンミツを振る舞っていた頃。

隊長のロザリーは、今回の模擬戦闘の報告書——始末書——と格闘していた。

食堂の喧噪とは無縁の静かな空間に、タイプライターの音だけが響く。

隊長に就任してから提出した始末書の数は、既に200通に及ぶ。特に那佳が合流してからは、提出の頻度が幾何級数的に増加していた。

「ふう」

腱鞘炎になりかけた手を止めて、冷めたコーヒーのカップを口に運んだところで、誰かが扉をノックした。

「どうぞ、ジーナさん」

名乗らなくとも、ロザリーには誰だか分かった。

「アンミツはいいんですか？　隊長の分も取って置いてくれていますよ」

入ってきたジーナは、かすかに口元を綻ばせる。

「後でいただくわ。まず、これを仕上げないと」

頰杖を突いたロザリーは、机の右脇に置かれたタイプ用紙の山を視線で示した。

「報告書ですか？」

「こんなに書類仕事が多いって聞いてたら、隊長なんか引き受けなかったわ」

ロザリーは冗談めいた口調でそう言うと、コーヒーを淹れ直すことにして立ち上がった。

サイフォンでじっくりコーヒーを淹れるのは、いい気分転換になる。

「……それで？」

豆を手回しのミルで挽きながら、ロザリーは促した。ジーナがただの雑談でやってきたのではないことは、目を見れば分かる。

「506の解散を目論む動きがあるようです」

前置き抜きにジーナは切り出す。

「解散？　まだ正式な活動さえ始まっていないのに？」

ロザリーの美しい眉が顰められた。

こうした席では曖昧な言葉を使うことのないジーナが、A部隊でもB部隊でもなく、506の解散を目論む、と言った。

つまり、AB双方を解散させようという動きがあるということだ。

「こんな陰謀論、普段なら笑い飛ばしてお仕舞なんですが、この話をした記者が――」

ジーナは一瞬言いよどんだが、思い切ったかのように続けた。

「私と電話で話した翌日から、消息不明になったんです。朝、家を出て新聞社に行く途中で忽然と消えたらしく」

「警察は？」

「NYPDは軍関係者に首を突っ込まれることを嫌うらしく、捜査状況に関しては何も」

ジーナは頭を振る。行方不明になった記者はベテランで従軍経験も豊富、ジーナと知り合って二年になる。妻とは死別しており、たったひとり残された娘はまだ七歳だ。

「何のために、この506を狙うのかしら？」

挽き立ての豆をサイフォンに移しながら、嘆息するロザリー。

「ネウロイの動きが比較的大人しく見えるからといって、人間同士が足の引っ張り合いをするなんて」

「同感ですが、これが初めてではありません。おそらく最後でもないでしょう」

「そうね。背後に誰が、もしくはどこの機関がいるのか、こちらでも探って——」

ロザリーが言いかけたその時。凄まじい爆音とともに地面が大きく揺れた。

「危ない！」

ジーナがロザリーに飛びつき、床に伏せる。

と、ほぼ同時に窓ガラスが吹き飛び、熱気と炎、黒煙が執務室を襲った。

机や本棚、キャビネットが倒れ、明かりが消える。

「こっちへ！」

ジーナがロザリーの手を引き、腹ばいのまま扉へと向かう。

「みんなは⁉　アドリアーナさん⁉　ハインリーケさん⁉　黒田さん、イザベルさん⁉」

扉の所にたどり着いたロザリーは、ノブに手をかけて立ち上がり咳込みながら叫ぶ。

「担架をこっちに！」

「消火器！」

走り回る整備班員たちの罵声が飛び交い、サイレンが鳴り響く。

「どう……なっているんだ？」

ジーナも炎を上げる格納庫を見て立ち尽くす。

「隊長！」

看護師が駆け寄ってきてロザリーを座らせ、手当てを始めた。

「これ、何本に見えます」

看護師は頭を強打していないか確かめるため、指を立てて見せる。

「17本」

ロザリーはそう言ってしまってから、すぐに済まないと思い直してきちんと答えた。

「ごめんなさい。３本よ」

今になってやっと、ズキズキという痛みが襲ってきた。どうやらガラスで額を切ったらしい。唇に錆びた鉄を連想させる味を感じる。滴り落ちる血の味だ。

「教えて、みんなは？」

ロザリーが額の止血をする看護師に訊ねると、看護師は何か言いかけて唇を噛んだ。

「教えて」

ロザリーは看護師の腕を強く握る。

「黒田中尉が……」

看護師は顔を伏せ、しゃくりあげ始めた。

ロザリーはふっと目の前が暗くなるのを感じ、意識を失った。

ＴＨＥ　ＥＮＤ？

５０６の成り立ちについて

この本を読まれた方は既にご存じかと思いますが、ストライクウィッチーズ世界には５０１~５０８、八つの統合戦闘航空団が存在しています。

劇場版製作にあたって、第二次世界大戦末期に、ベルギー（ベルギカ）とフランス（ガリア）にまたがるアルデンヌの森を舞台に、敗色濃いドイツ軍が、連合国に逆転攻勢をかけた、通称「バルジの戦い」をモチーフとすることになりました。

舞台がアルデンヌとなったことで、ガリア東部国境に基地を構える５０６も登場させようということになったのですが、史実では、アルデンヌ一帯を防衛していた英軍と米軍、双方の上層部に不仲や軋轢があって、互いの協力・連携に問題があったとされています。

このエピソードを反映させて、基地が二つに分かれた異色の部隊としての設定が固まり、ブリタニア・ガリア系を中心とした部隊と、リベリオンの二つの部隊、その反目の象徴として貴族制度の有無という設定を固めていきました。

この要素によって、ワールドウィッチでは古参であるハインリーケという、既にある程度イメージの固まったキャラを登場させることができ、扶桑からは「身分としては貴族（華族）でありながら、どこまでも庶民」な、両部隊を結ぶ（または引っかき回す）立ち位置のキャラとして、黒田の基本設定を作っています。

とはいえ、この段階ではテキスト上で設定があるだけの、まだまだぼんやりした存在で、そこに変化があったのは、A部隊黒田とグリュンネのデザインが決まった頃でした。

気弱な隊長とお調子者の黒田、気位の高いハインリーケ、三者の掛け合いが「キャラが勝手に動き出す」状態になって、そこからはとんとん拍子で、貴族嫌いのマリアン、陽気なリベリオン人を体現したようなカーラなど、B部隊のキャラも含めた506のどたばた劇が頭に浮かぶようになってきました。

本書中にある、黒田がＢ部隊基地に間違って訪れ～というエピソードは、そのなかで私がＷｅｂ上に発表した小話がベースになっているのですが、いかんせん本職ではない文章力と、点としての一エピソードにすぎないものだったので、南房先生のリライトできちんと５０６部隊の正史～線の一部として活かしてもらったのは嬉し恥ずかしです。

南房先生には、部隊の設定、使用装備、一人称や三人称といったごく基本的なキャラクター設定と、ワールドウィッチ連載の５０６隊員分だけお渡しして、あとはほぼ丸投げと言う状態でお願いしたのですが、手探りの中で、黒田とハインリーケを魅力的に書いていただきました。

今回はこの二人が中心の話でしたが、他キャラのエピソードも続刊で書かれて行く予定ですので、楽しみにしていただければ。

島田フミカネ

あとがき

いや、どうもお久しぶり！　そうじゃない人は――慣れて下さい。

またまたこっちの世界に帰って参りました！　巨乳の友、美乳の崇拝者、貧乳の伝道者でございます！

今回、ハイデマリー様が登場したのも、ひたすら――

胸が好きだからあああああああっ！

ということで。

……またこれで確実に女性読者減らすけどさ。

次巻は、貧乳派の方たちのために、伝説のあの方なんぞをゲストとして出したいな～なんて思ってますが、先のことは分かりません。那佳に最後の1円まで毟り取られたい新人兵、プリン姫にピンヒールで踏まれたい古参兵、イザベラの毒舌ジョークを浴びたい軍曹、アドリアーナに罵倒されたい士官の方は是非、これからも応援を！

……って、これはM小説か？

南房　秀久

▲ハインリーケ(8歳)

世相を反映したシックなドレス。
可愛さと気高さが両立するように
デザインしてみました。

▲本家の娘

周囲からの期待に応えようと、
自分を追い込んでしまう…という
イメージでデザインしています。

ノーブルウィッチーズ
第506統合戦闘航空団 飛翔！

原作	島田フミカネ＆Projekt World Witches
著	南房秀久
	角川スニーカー文庫　18946
	2015年1月1日　初版発行
発行者	堀内大示
発行所	株式会社KADOKAWA 〒102-8177 東京都千代田区富士見2-13-3 電話　03-3238-8521（営業） http://www.kadokawa.co.jp/
編　集	角川書店 〒102-8078 東京都千代田区富士見1-8-19 電話　03-3238-8694（編集部）
印刷所	株式会社暁印刷
製本所	株式会社ビルディング・ブックセンター

Printed in Japan　ISBN 978-4-04-102570-3　C0193

★ご意見、ご感想をお送りください★

〒102-8078 東京都千代田区富士見 1-8-19
株式会社KADOKAWA　角川スニーカー文庫編集部気付
「南房秀久」先生
「島田フミカネ」先生 ／「飯沼俊規」先生

角川文庫発刊に際して

角川源義

第二次世界大戦の敗北は、軍事力の敗北であった以上に、私たちの若い文化力の敗退であった。私たちの文化が戦争に対して如何に無力であり、単なるあだ花に過ぎなかったかを、私たちは身を以て体験し痛感した。西洋近代文化の摂取にとって、明治以後八十年の歳月は決して短かすぎたとは言えない。にもかかわらず、近代文化の伝統を確立し、自由な批判と柔軟な良識に富む文化層として自らを形成することに私たちは失敗して来た。そしてこれは、各層への文化の普及滲透を任務とする出版人の責任でもあった。

一九四五年以来、私たちは再び振出しに戻り、第一歩から踏み出すことを余儀なくされた。これは大きな不幸ではあるが、反面、これまでの混沌・未熟・歪曲の中にあった我が国の文化に秩序と確たる基礎を齎らすためには絶好の機会でもある。角川書店は、このような祖国の文化的危機にあたり、微力をも顧みず再建の礎石たるべき抱負と決意とをもって出発したが、ここに創立以来の念願を果すべく角川文庫を発刊する。これまで刊行されたあらゆる全集叢書文庫類の長所と短所とを検討し、古今東西の不朽の典籍を、良心的編集のもとに、廉価に、そして書架にふさわしい美本として、多くのひとびとに提供しようとする。しかし私たちは徒らに百科全書的な知識のジレッタントを作ることを目的とせず、あくまで祖国の文化に秩序と再建への道を示し、この文庫を角川書店の栄ある事業として、今後永久に継続発展せしめ、学芸と教養との殿堂として大成せんことを期したい。多くの読書子の愛情ある忠言と支持とによって、この希望と抱負とを完遂せしめられんことを願う。

一九四九年五月三日